Umberto Magnani

Um Rio de Memórias

Umberto Magnani

Um Rio de Memórias

Adélia Nicolete

imprensaoficial

São Paulo, 2009

Governador José Serra

imprensaoficial Imprensa Oficial do Estado de São Paulo

Diretor-presidente Hubert Alquéres

Coleção Aplauso

Coordenador Geral Rubens Ewald Filho

Apresentação

Segundo o catalão Gaudí, *Não se deve erguer monumentos aos artistas porque eles já o fizeram com suas obras.* De fato, muitos artistas são imortalizados e reverenciados diariamente por meio de suas obras eternas.

Mas como reconhecer o trabalho de artistas geniais de outrora, que para exercer seu ofício muniram-se simplesmente de suas próprias emoções, de seu próprio corpo? Como manter vivo o nome daqueles que se dedicaram à mais volátil das artes, escrevendo, dirigindo e interpretando obras-primas, que têm a efêmera duração de um ato?

Mesmo artistas da TV pós-videoteipe seguem esquecidos, quando os registros de seu trabalho ou se perderam ou são muitas vezes inacessíveis ao grande público.

A *Coleção Aplauso*, de iniciativa da Imprensa Oficial, pretende resgatar um pouco da memória de figuras do Teatro, TV e Cinema que tiveram participação na história recente do País, tanto dentro quanto fora de cena.

Ao contar suas histórias pessoais, esses artistas dão-nos a conhecer o meio em que vivia toda uma classe que representa a consciência crítica da sociedade. Suas histórias tratam do contexto social no qual estavam inseridos e seu inevitável reflexo na arte. Falam do seu engajamento político em épocas adversas à livre expressão e as conseqüências disso em suas próprias vidas e no destino da nação.

Paralelamente, as histórias de seus familiares se entrelaçam, quase que invariavelmente, à saga dos milhares de imigrantes do começo do século passado no Brasil, vindos das mais variadas origens. Enfim, o mosaico formado pelos depoimentos compõe um quadro que reflete a identidade e a imagem nacional, bem como o processo político e cultural pelo qual passou o país nas últimas décadas.

Ao perpetuar a voz daqueles que já foram a própria voz da sociedade, a *Coleção Aplauso* cumpre um dever de gratidão a esses grandes símbolos da cultura nacional. Publicar suas histórias e personagens, trazendo-os de volta à cena, também cumpre função social, pois garante a preservação de parte de uma memória artística genuinamente brasileira, e constitui mais que justa homenagem àqueles que merecem ser aplaudidos de pé.

José Serra
Governador do Estado de São Paulo

Coleção Aplauso

O que lembro, tenho.
Guimarães Rosa

A *Coleção Aplauso*, concebida pela Imprensa Oficial, visa resgatar a memória da cultura nacional, biografando atores, atrizes e diretores que compõem a cena brasileira nas áreas de cinema, teatro e televisão. Foram selecionados escritores com largo currículo em jornalismo cultural para esse trabalho em que a história cênica e audiovisual brasileiras vem sendo reconstituída de maneira singular. Em entrevistas e encontros sucessivos estreita-se o contato entre biógrafos e biografados. Arquivos de documentos e imagens são pesquisados, e o universo que se reconstitui a partir do cotidiano e do fazer dessas personalidades permite reconstruir sua trajetória.

A decisão sobre o depoimento de cada um na primeira pessoa mantém o aspecto de tradição oral dos relatos, tornando o texto coloquial, como seo biografado falasse diretamente ao leitor.

Um aspecto importante da *Coleção* é que os resultados obtidos ultrapassam simples registros biográficos, revelando ao leitor facetas que também caracterizam o artista e seu ofício. Biógrafo e biografado se colocaram em reflexões que se estenderam sobre a formação intelectual e ideológica do artista, contextualizada na história brasileira.

São inúmeros os artistas a apontar o importante papel que tiveram os livros e a leitura em sua vida, deixando transparecer a firmeza do pensamento crítico ou denunciando preconceitos seculares que atrasaram e continuam atrasando nosso país. Muitos mostraram a importância para a sua formação terem atuado tanto no teatro quanto no cinema e na televisão, adquirindo linguagens diferenciadas – analisando-as com suas particularidades.

Muitos títulos exploram o universo íntimo e psicológico do artista, revelando as circunstâncias que o conduziram à arte, como se abrigasse em si mesmo, desde sempre, a complexidade dos personagens.

São livros que, além de atrair o grande público, interessarão igualmente aos estudiosos das artes cênicas, pois na *Coleção Aplauso* foi discutido o processo de criação que concerne ao teatro, ao cinema e à televisão. Foram abordadas a construção dos personagens, a análise, a história, a importância e a atualidade de alguns deles. Também foram examinados o relacionamento dos artistas com seus pares e diretores, os processos e as possibilidades de correção de erros no exercício do teatro e do cinema, a diferença entre esses veículos e a expressão de suas linguagens.

Se algum fator específico conduziu ao sucesso da *Coleção Aplauso* – e merece ser destacado –, é o interesse do leitor brasileiro em conhecer o percurso cultural de seu país.

À Imprensa Oficial e sua equipe coube reunir um bom time de jornalistas, organizar com eficácia a pesquisa documental e iconográfica e contar com a disposição e o empenho dos artistas, diretores, dramaturgos e roteiristas. Com a *Coleção* em curso, configurada e com identidade consolidada, constatamos que os sortilégios que envolvem palco, cenas, coxias, sets de filmagem, textos, imagens e palavras conjugados, e todos esses seres especiais – que neste universo transitam, transmutam e vivem – também nos tomaram e sensibilizaram.

É esse material cultural e de reflexão que pode ser agora compartilhado com os leitores de todo o Brasil.

Hubert Alquéres
Diretor-presidente
Imprensa Oficial do Estado de São Paulo

A Neyde Veneziano, Rubens Ewald Filho
e Luís Alberto de Abreu,
por me iniciarem nessa coleção.

Adélia Nicolete

Introdução

Quando fui convidada a escrever mais um perfil para esta Coleção Aplauso, ouvi a sugestão: *Por que você não escolhe o Umberto Magnani? Ele é um ótimo contador de histórias*. Aceitei a ideia e é com imenso prazer – e dificuldade! – que me ponho a escrever esta introdução.

Prazer em dar o meu depoimento pessoal sobre ele, afinal, foi simpatia à primeira vista. Dificuldade pelo fato de haver múltiplos Umbertos no Umberto Magnani. Lembram do Mário de Andrade? *Sou trezentos, sou trezentos e cinquenta*, o poeta traduziu-se, um dia. Pois este verso poderia muito bem traduzir o Magnani. Trezentos foram os trabalhos em que atuou como ator; cinquenta, as funções por ele exercidas fora dos palcos e das telas. Interpretar e saber contar causos são apenas duas das artes desse autodenominado ítalo-caipira.

Procurei adequar o melhor possível suas narrativas à linguagem escrita, na tentativa de expressar o vigor, a emoção e o humor com que ele tempera cada uma delas. Lágrimas ao falar dos pais e da infância; ética ao tratar de colegas e trabalhos realizados; humor ao se lembrar tanto das aventuras quanto dos tempos difíceis – lição que ele diz ter aprendido em sua terra natal.

Por falar nisso, você conhece Santa Cruz do Rio Pardo? Se conversar, por alguns minutos que sejam, com Umberto Magnani, será como se você tivesse nascido naquela cidade do interior paulista. Se conversar um pouco mais de tempo, vai começar a desconfiar de que ela não existe, que se trata de uma Pasárgada, de uma Canaã – cidade imaginária de paisagens idílicas, povo hospitaleiro, comida deliciosa e farta. A terra natal o marcou de tal modo que, na hora de escrever o livro, usei o rio como fio-condutor das memórias e das reflexões.

Mas nem só de nostalgia vive e fala Magnani. Conheço poucos artistas com a sua consciência, sua ação em prol do coletivo, sua paixão pelo que faz. Umberto transita, sem maiores problemas, por teatro, cinema, televisão, entidades de classe, produção, magistério, administração, trabalhos voluntários. E é de uma humildade inacreditável que, certamente, se fará notar nas linhas e entrelinhas deste trabalho.

Dentre as fontes por mim consultadas para a elaboração do livro, destaque-se o primoroso trabalho de Ilka Marinho Zanotto, Mariângela Alves de Lima, Maria Thereza Vargas e Nanci Fernandes, organizadoras do volume dedicado à Escola de Arte Dramática, na coleção *Dionysus*, publicada em 1989 pela antiga Fundacen. Outra iniciativa, fundamental aos pesquisadores de teledramaturgia, é o *site www.teledramaturgia.com.br*, capitaneado por Nilson Xavier. Finalmente, para alguns dados históricos, recorri ao livro *Coronel Tonico Lista: o perfil de uma época*, de José Ricardo Rios, conterrâneo do ator.

Magnani costuma dizer que escolhe seus projetos artísticos, principalmente, pelo *clima das coxias* – para que um trabalho dê certo é preciso se dar bem com os colegas, participar de um ambiente divertido e ameno por trás das câmeras ou das cortinas do palco. Partilho com ele essa característica e afirmo que as *coxias* deste livro foram as melhores possíveis. As entrevistas e incontáveis conversas ao telefone foram as mais divertidas. Quando conheci sua mulher, Cecília, completou-se a simpatia que, espero, *seja o começo de uma grande amizade* – parafraseando um dos filmes preferidos do ator.

E, para terminar essa introdução, tomo o leitor por testemunha de uma promessa, deixando aqui, impressa, a minha reivindicação e o meu brado:

– Magnani, Magnani! Você está me devendo a descida de boia pelo Rio Pardo!

Adélia Nicolete

Abril de 2009

A meu pai e minha mãe, com saudade.

A Gianni Ratto, Reinaldo Maia e todos os que fizeram parte do elenco desta minha trajetória – nos palcos ou fora deles.

Umberto Magnani

Prólogo

No princípio era o mato. E os rios tingidos pela terra roxa: Rio Preto, Rio Pardo, Rio Turvo. Terras de São Paulo, quase Paraná. Terras desconhecidas e habitadas por selvagens, segundo contavam os mapas do século 19.

A Estrada de Ferro Sorocabana já estendia suas veias até bem próximo, Botucatu, conhecida como a *Boca do Sertão*. Quando chegou a notícia de que os trilhos iam se estender ainda mais, pras bandas de Presidente Prudente, foi um deus nos acuda de gente querendo ocupar terra por lá.

Dom Pedro II, o imperador, nem sabia da existência daqueles confins. Quem mandava e desmandava ali era o capitão Tito Correia de Melo. Era pra ele que os interessados em penetrar no sertão iam pedir consentimento – e quem mais se arriscava eram as gentes de Minas Gerais, pessoal de Pouso Alegre, Machado e São João Del Rei, principalmente. Então, onde antes só tinha mato, rio e índio, começou a ter desbravador. E essa espécie de homem a gente sabe como é – todo mundo lembra dos bandeirantes – chegavam pra se apossar mesmo, tomando terra de índio, enfrentando quantos topassem pela frente. Gente que não tinha medo de matar nem de morrer.

Pra se partir de Botucatu e se embrenhar no sertão, a única via de acesso era o Rio Pardo. O pessoal construía canoas e ia descendo, descendo. Quando avistavam um terreno que parecesse bom, tomavam logo posse e deixavam por lá alguém responsável, pra garantir a propriedade. Construíam-se ranchos, plantavam-se algumas árvores, especialmente laranjeiras e, desse modo, conseguiam o registro paroquial. Um desses desbravadores foi José Teodoro de Souza. Conta-se que, descendo o Rio Pardo e subindo o São João, fundou uma série de vilas por onde passou.

Dois outros, que aqui nos interessam, foram Joaquim Manoel de Andrade e Manoel Francisco Soares. Descendo o mesmo rio, trilhando as mesmas veredas, os dois fundaram a minha cidade, mistura de mineiro e bugre, a rainha da Sorocabana: Santa Cruz do Rio Pardo.

O tempo corre como nos filmes. O século 19 esgota suas imagens, a República é proclamada, o lugarejo se transforma em vila, logo em seguida em município. Nasce o novo século, a cidade cresce um pouco mais, as fazendas se espalham, tudo parece mudar, menos uma coisa.

Posso ver ali, no mesmo lugar, imutável, permanente, insistente, o meu Rio Pardo. E se há pouco víamos descer pelas suas águas canoas de índios e de desbravadores, o filme-vida mostra, no fim dos anos 40, um menino magrelo, de calção costurado pelo pai alfaiate, que, desobedecendo às ordens expressas da mãe, conclama os amigos e, numa câmara de pneu, desce o mesmo rio de tantas histórias. É ele quem desbrava agora o percurso ainda margeado de verde. É ele quem toma posse dos recantos, quem conhece o nome dos passarinhos, quem rouba frutas plantadas por outros donos. Esse menino que desce os 8 quilômetros de corredeiras sou eu!

E você acredita que, ainda hoje, desço o rio com meus amigos de infância? Isso não é maravilhoso? E melhor ainda: meus filhos vão junto! Roubamos melancia da horta do padre! A gente joga umas 20 n'água e as duas ou três que chegam lá embaixo a gente manda pro peito! Vamos descendo os 8 quilômetros de gritos. Tem corredeiras, mas nada alto. Quando o rio está mais vazio, você já sabe os lugares, você bate a bunda nas pedras.

Vou pra lá sempre que consigo. Então parece que o tempo não passou. Que a vida, tal qual o rio, aparentemente permanece a mesma. Sei que, sob suas águas, correm décadas de trabalho como ator, professor, produtor e tantas outras coisas. Porém, na superfície, é como se nada tivesse mudado. Deitado na grama sinto sob meu corpo a mesma terra da infância. E sinto, pulsando no peito, o mesmo menino magrelo.

Capítulo I

Olha o Respeito! É a Libertad Lamarque!

Meu avô paterno era o Humberto Magnani, com *H*. Diz-se também que era Humberto Primo, pois fora o primeiro filho nascido no Brasil. Bem, o que sei mesmo é que ele era de Itu, mas acabou indo parar em Santa Cruz. Sua primeira esposa, mãe do meu pai e do meu tio Pedro, chamava-se Luíza Buzolin. Eles trabalhavam como lavradores num sítio em Santa Cruz. Como ela morreu ainda jovem, ele se casou de novo, dessa vez com Elisa Bressanin – a minha avó Isa e, juntos, montaram uma pensão: Pensão Guarani. E, dali a pouco, nasceram os meus tios Cláudio, Osvaldo e Exedil.

Meus avós maternos eram o Manuel Belarmino de Oliveira, o Manequinho, e Rute Correa Lacerda. De vez em quando, no coronel Chico Bento, meu personagem na novela *Cabocla*, eu colocava um pouco do vô Manequinho. A minha bisavó, mãe dele, saiu do Estado de Minas e veio parando em vários lugares: São Simão, Bernardino de Campos, Batista Botelho e vários outros. Foi uma época em que os mineiros começaram a ocupar São Paulo e, nos anos 50, os descendentes deles foram colonizar o norte do Paraná. E essa minha bisavó, a quem chamávamos mãe Dora, era filha de índio com negro. Como o meu bisavô era português, então deu aquela mistura. Já a minha avó Rute, de Sorocaba, era neta de russo com francês.

O meu avô Manequinho era dentista. Na verdade era o que eles chamavam de *prático licenciado*, porque não tinha feito faculdade – naquele tempo todo mundo era prático em alguma coisa, até advogado, às vezes. Além de ser dentista, ele tinha um armazém e era juiz de paz. E estava para comprar o título de major quando acabou a lei que permitia a compra de títulos.

O meu pai serviu ao governo. Na época dele não existia o tiro de guerra, ele prestava o serviço militar num quartel da intendência do Exército em Bernardino de Campos, do ladinho de Santa Cruz. Então os moços iam pra lá uma vez por semana pra servir no Exército. Pois bem, a minha mãe morava no sítio dos meus avós, num lugarzinho bem perto dali chamado Batista Botelho e, ali, cursara até a terceira série primária. A quarta série era feita em Bernardino de Campos e, finalmente, o ginásio, em Santa Cruz. Foi nessa época que os dois se conheceram, passaram por um blecaute e começaram a namorar.

Minha mãe conta que os jovens iam passear na praça da cidade e aproveitavam pra fazer as suas

Fermino Magnani, o pai

paqueras. Você já ouviu falar daquele costume de ficar dando voltas e mais voltas na praça? Os moços em um sentido e as moças em outro. Hoje em dia é o famoso *footing*. Lá estavam meu pai e minha mãe, desconhecidos ainda, rodando. De repente, a praça fica às escuras. Isso dura alguns instantes. Quando a luz volta... o que acontece? Os dois estão frente a frente! E o que o mocinho fala pra mocinha?

– *Você é a luz dos meus olhos...*

Com um começo romântico desse, a história tinha de dar certo. E deu. Meu pai ia servir o Exército, de lá ia pra Batista Botelho namorar e depois ainda ia pra Sodrélia, um distrito de Santa Cruz, onde ele tinha aberto uma alfaiataria. Dali um tempo os dois casaram, ele com 19 anos e ela com 17. Novinhos de tudo! Eu fui o primeiro filho e ganhei o nome do meu avô, fiquei sendo o Umberto Magnani Netto, sem *H*.

Um tempo depois ganhei minha única irmã, Nely. Em seguida veio um irmãozinho que acabou morrendo ainda bebê. Eu devia ter uns 3 anos e ainda guardo a imagem do meu pai carregando o caixãozinho azul do filho. Foi caminhando até encontrar um carro de praça, um táxi, que o levasse ao cemitério. Uma tristeza funda essa, mas que foi compensada com o nascimento de

Com a irmã Nely

meus irmãos Gilberto, Roberto e, finalmente, Fermino – que ganhou o nome do meu pai, pois este morrera dois meses antes de o caçula nascer.

A vida pra nossa família sempre foi de muito trabalho. Meu pai acordava logo cedo e ia pra alfaiataria. Minha mãe também o ajudava: o tecido precisava ser molhado antes do corte e da costura, para se evitar que encolhesse. Então me lembro da minha mãe deixando aquelas fazendas de molho e depois estendendo no varal, bem esticadinhas, pra não amassar nem dobrar. Havia um tanque para as nossas roupas e outro só pra alfaiataria. No fim do ano quase não cabia roupa nossa no varal, porque todo mundo queria fazer roupa nova!

Lembro do meu pai em sua oficina, o jeito com que usava as réguas e tesouras, o ritual com que dobrava os cortes de pano. Cheguei a usar essa lembrança quando elaborei o meu personagem Guima, no espetáculo *Lua de cetim* – depois eu conto.

Minha mãe cozinhava muito bem. Das comidas que ela fazia eu me lembro com água na boca das macarronadas de domingo – sabe aquele espaguete furadinho no meio pra você chupar o molho? Frango tinha de vez em quando, porque era uma época em que a carne vermelha era

Em família. Em pé: Fermino Magnani (pai), Lurdes de Oliveira Magnani (mãe). Sentados: Gilberto (irmão), Elisa (avó), Umberto, Umberto (avô), Nely (irmã)

barata e o frango era caro. Ou então era frango que tinha no quintal e ela mesma matava. Quanta pena de frango eu ajudei a tirar!

Ajudava minha mãe a torrar café e, como tantos meninos do interior, catava esterco pra ela colocar na horta. Todo mundo tinha horta, então o adubo era concorrido. À tarde passava o bucheiro com sua charrete. Bucheiro era o vendedor de miúdos de boi. No que o homem buzinava, minha mãe me chamava e lá ia eu, com uma latinha e uma pá no rastro do cavalo.

Também ajudava meu pai na alfaiataria, fazendo entregas, pagando contas, indo comprar leite. Às vezes ele ia comigo comprar, no sítio do seu Santana, bem de manhãzinha. A gente colocava conhaque de alcatrão São João da Barra no fundo do copo e tirava o leite direto da teta da vaca, fazia aquela espuma gostosa e a gente tomava. Quando ia sozinho eu não madrugava, não, ia mais tarde. Enchia uma garrafa dessas de um litro, às vezes, duas, e levava pra casa. Isso quando não tinha jogo de futebol no largo de São Benedito, né? Daí eu não resistia... Cheguei a colocar as garrafas pra divisar gol!

Não sei como meus pais me aguentavam! Um dia meu pai perdeu as estribeiras comigo. Também pudera, coitado, o caso envolvia dinheiro.

Naquele tempo, você sabe, não existia inflação. O dinheiro valia muito. E custava muito ganhar. Então, se você pagava determinada duplicata no dia do vencimento, ou antes, tinha desconto de 1%. E isso era um descontão, ainda mais pro meu pai que dava um duro danado! Pois num é que ele me deu uma daquelas duplicatas pra pagar? Pois num é que eu me distraí, perdi a hora, não consegui pagar a dita cuja e meu pai perdeu o desconto? Puxa vida, aquele dia eu mereci a tunda!

A maioria das duplicatas que meu pai tinha de pagar era referente à compra de tecidos. Caixeiros viajantes, famosos na época, passavam pelas cidadezinhas com amostras de tecido, anotando encomendas. Mais tarde, os tecidos eram enviados pelo trem e as duplicatas deveriam ser pagas no banco. Uma das lojas em São Paulo que tinha caixeiros contratados era a do seu Alexandre Arap. Cansei de pagar duplicatas no nome dele. Muitos anos depois, já morando em São Paulo, fui trabalhar em teatro sabe com quem? Com o Fauzi Arap que, eu nem imaginava, era filho do seu Alexandre! Olha como é a vida...

Então, como eu tava falando, levei a surra merecida. Mas cadê que eu tomava jeito!? Por exemplo, já contei que eu gostava de descer o rio de boia. Tinha uns 8 ou 9 anos e fazia isso escondido, porque minha mãe não deixava! Lá em Santa Cruz não tinha clube, a não ser o clube náutico, na beira do rio. Essa coisa de piscina não tinha. Então a criançada nadava no rio mesmo. Pegava uma câmara de pneu e ia descendo. Minha mãe ficava louca, né? E, se desconfiava que eu tinha desobedecido, ia tirar a limpo.

Ela usava um truque pra saber se eu tinha ido pro rio. Era assim: ela passava a unha na minha perna. Se o risco ficasse mais branco, era porque eu tinha ido nadar. Porque, é claro, a gente não levava toalha. O corpo secava ao relento, então deixava uma pista, coisa de temperatura da pele, sei lá. Só sei que ela ficava louca, principalmente quando tinha alguém que dedurava a gente! Até que meus pais resolveram entrar de sócios do tal clube náutico. Pelo menos tinha um homem que tomava conta da molecada.

Mas apesar das molecagens, eu tinha meu lado cooperativo. Ajudava meu pai, como já falei, e também meu avô: eu tinha uma caixa de engraxate e engraxava os sapatos do pessoal lá na pensão. O pessoal chegava do sítio com os sapatos sujos de terra, então eu sempre ganhava um dinheirinho. Meus tios eram garçons, de vez em quando eu ia ajudá-los. Um dia, um cara parou de comer para conversar e eu, cheio de eficiência, tirei o prato dele, pensando que já tivesse acabado de comer. Daí meu avô falou:

– Olha, Bertinho, eu vou continuar pagando dois mil réis pra você por semana, tá? Mas é pra você não trabalhar como garçom!

A gente frequentava mais de perto a família do meu pai e os meus avós me adoravam: eu era o primeiro neto, tinha o nome dele! Então eu abusava um pouco, sabe? Minha avó trabalhava como cozinheira na pensão, então eu não me lembro de vê-la sair de lá, a não ser para ir à missa. Um dia ela aceitou meu convite e foi conhecer o clube. Naquela época nós já éramos sócios. Fui lá nadar e levei minha avó, que ficou sentadinha me olhando.

Na beira do rio tinha um praticável, uma espécie de deque avançando sobre a água. Sabe o que eu fiz? Mergulhei, fui nadando e saí embaixo do praticável, ela não me viu chegar lá. Aquela mulher ficou num desespero! Achou que eu tivesse morrido afogado. Começou a gritar. Foi uma grande molecagem minha, coitada! E sabe o que eu fazia na frente da pensão? Esperava os carros chegarem bem pertinho e atravessava a rua correndo. Ela gritava:

– Olha a máquina, Bertinho!

Mas nunca vi a minha avó brava. Acho que com os filhos ela ficava, mas comigo nunca.

Entrei com 3 anos de idade no jardim da infância. E foi lá que tive a minha primeira experiência como ator! Imaginem um menino loirinho, de olhos azuis e cabelos compridos. Que papel você daria pra ele numa pecinha de Natal? Anjo? Não! Durante três anos seguidos interpretei o menino Jesus. De cara fui escalado como protagonista – sempre tive aquela coisa de querer aparecer!

A gente trabalhava muito, mas também se divertia. Sempre pensamos nos pais como eles sendo velhos, né? Só depois *cai a ficha* e a gente lembra que eles também foram jovens, cheios de desejos, esperanças, prazeres. Meu pai, por exemplo, adorava jogar futebol. O pessoal gostava de contar que, quando ele era goleiro em Sodrélia, jogava com um bonezinho. Um dia veio uma bola alta, ele pulou pra pegar a bola e o boné caiu pra trás, dentro do gol. E não é que meu pai foi buscar o boné com a bola na mão? Foi gol! O time queria matar ele. Os amigos, pra gozá-lo, contavam essa história na minha frente e na frente dele.

E meus pais também adoravam ir ao cinema – e me levavam junto! Lá em Santa Cruz isso era um acontecimento social. Meu pai colocava

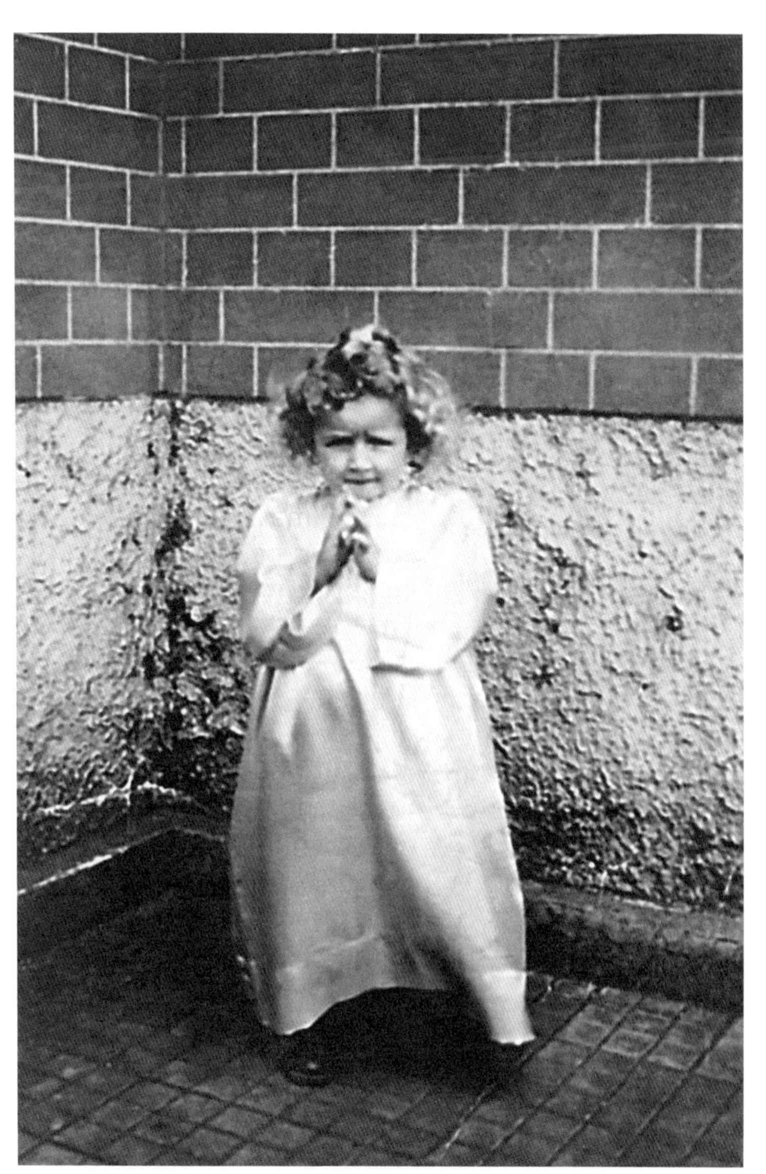

Como protagonista da Sagrada Família

terno e tudo, minha mãe arrumava o cabelo. Naquele tempo não tinha filme proibido, era tudo programa familiar. Então, quando fiquei mais velho, na matinê eu ia sozinho, à noite era eles que me levavam.

Era um filme por noite, só repetia na segunda o filme de domingo. *Os tambores de Fu Manchu, Super-Homem, Capitão Marvel, Durango Kid,* etc. Passava o filme e, depois, o seriado. Nossa, era um evento. E tinha de se ter o devido respeito! Nunca vou me esquecer de uma vez que levei um pito enorme da minha mãe depois da sessão.

Era um daqueles filmes da estrela argentina Libertad Lamarque, um daqueles musicais melodramáticos que faziam um puta sucesso na época. Amores impossíveis, paixões devastadoras, injustiças, traições. Em suma: muito sofrimento. E lá estava ela, a heroína, de madrugada, na estação ferroviária deserta e úmida – somente ela e seu bebê recém-nascido. Decide, então, dar um telefonema, acho que para o amante, pai da criança. Deixa o filhinho no chão e entra no escritório da ferrovia para usar o telefone. Conversa que conversa, e o cestinho lá. Chora que chora, e o cestinho lá. E não é que, saindo do escritório, o bebê tinha desaparecido, com cestinho e tudo? Em vez de se desesperar, ir atrás do filho, sabe o que ela fez? Começou a cantar! Eu não aguentei, caí na gargalhada. A plateia inteira chorando, com pena da moça, e eu rindo sem parar. Na saída, minha mãe ficou uma fera comigo.

– Você não tem respeito, não? Rindo daquele jeito numa cena tão triste?

– Mas, mãe! Se me roubassem ainda bebê, a senhora ia cantar?

– Não interessa! Tem de ter respeito! É a Libertad Lamarque!

Olha que maravilha! O poder do cinema! Talvez minha mãe quisesse dizer: *isso é ficção, é faz de conta, no cinema tudo pode acontecer!*

Então, assistindo a tantos filmes, eu meti na cabeça que queria ser ator. Queria ser uma mistura de caubói com Robin Hood. Sabe aqueles heróis que, primeiro, só namoram menina bonita e, depois, roubam dos ricos e dão aos pobres? Mais ou menos isso.

Entre os irmãos e a mãe: Roberto, Nely, Gilberto, Lurdes, Fermino e Umberto

Capítulo II

Quem Nasce no Rio de Janeiro é Fluminense

Nasci em 1941 e um pessoal de Santa Cruz tinha ido para a guerra. Lembro de ficar guardando lugar na fila, com 3 anos de idade, pra comprar farinha de trigo, açúcar, óleo, gasogênio – que substituía a gasolina, muito embora não tivéssemos carro. Quando faltavam umas cinco ou seis pessoas, minha mãe chegava pra carregar as coisas. Engraçado, eu não carrego essa lembrança como algo penoso. Pra criança tudo é diversão e a guerra era algo tão distante pra mim! Gostava era de ouvir as histórias de bravura que meu avô Manequinho contava, já contaminadas pela ficção.

Ele costumava falar sobre a Revolução de 1924. Aquilo me atingia mais, acho que por ser uma coisa mais paulista. Ele contava da sua valentia e de seus amigos ao enfrentar o lendário general Isidoro. Conta-se que aquele homem, no comando de um trem cheio de soldados, parava de cidade em cidade arregimentando pessoal, fazendo arruaça, se aproveitando das mulheres. Era admirado e temido. Certa feita deu de parar em Batista Botelho. Pra quê? Meu avô pegou sua espingarda, juntou meia dúzia de amigos e foram para a estação, cheios de audácia:

– *Aqui vocês não descem!*

Diz-se que enfrentaram a situação com tanta bravura que o trem rumou para outras paragens. Eu adorava essa história! Mais: eu adorava esse tipo de narrativa, esse jogo, porque ambos sabíamos que se tratava de uma mentira! Quer dizer, alguma coisa tinha acontecido, de fato, durante a revolução – mas nada tão glorioso assim. Até porque eram só meia dúzia de *valentes* habitantes, de espingarda na mão, esperando o trem cheio de soldados do general Isidoro, que até canhão vinham trazendo! Você imagina: numa cidade desse tamaninho, meia dúzia de caras vão proibir um vagão de soldados de descer? Se não desceram foi porque não lhes interessava, porque aquele lugar não tinha importância nenhuma para a Revolução que eles estavam querendo fazer. Mas não é uma delícia essa fantasia?

Outra diversão quando eu era criança era assistir a um programa de auditório na rádio. Chamava-se Rádio Clube Mirim e tinha show de calouros, uma sessão de perguntas e respostas que dava brindes, prêmios. Virei espectador assíduo. E participante. Eles perguntavam alguma coisa e eu, pá, respondia e ganhava. Pá, respondia e ganhava. Lembro até hoje uma das perguntas:

– Quem nasce no Estado do Rio, o que é?
– Fluminense! – respondi e ganhei.

Terminou o programa daquele dia e o apresentador, José Eduardo Catalano – que até hoje trabalha lá – falou:

– Assim não dá, meu filho. Você tem 13 anos, está na 4ª série. Isso é uma covardia!

Ele tinha razão. O programa era para crianças menores e eu, marmanjo daquele jeito, voltava pra casa cheio de balas nos bolsos! Então veio a surpresa: ele perguntou se eu queria ser locutor. Locutor-mirim. Claro que aceitei. O programa era domingo de manhã e eu lembro da identificação da rádio, que a gente tinha de falar logo no começo: *ZYQ 8 – rádio clube mirim*.

Acho que o José Eduardo Catalano deveria ir para o livro dos recordes. Há uns 60 anos ele é locutor lá em Santa Cruz. Inclusive tem um programa à tarde que ele comanda há mais de 50 anos, e com competência.

Dali a pouco a voz foi mudando e perdi o emprego de locutor-mirim. Fiz o teste para locutor, passei, virei locutor de verdade. E aí veio a parte melhor: a emissora tinha uma parceria com o cinema, de modo que, em troca de anúncio, ganhávamos ingressos para todas as sessões. Já imaginou a festa? Poder ver todos os filmes de graça? E, assistindo a tanto filme, meu desejo de ser ator foi crescendo cada vez mais.

Eu tinha isso na cabeça: quero ser artista de cinema. Era um objetivo, não um simples sonho. Só que, numa cidadezinha daquele tamanho, era um objetivo que não era exteriorizado pra ninguém. Porque, graças a Deus, Santa Cruz é o tipo de lugar onde, o tempo todo, um faz gozação com a cara do outro. Se eu falasse que queria ser ator ia ser um prato cheio!

Mas sabe que crescer num lugar assim é bom? Hoje eu percebo isso. Esse tipo de costume vai formando um pensamento crítico em você. O interior tem um tipo de humor que não é facilmente assimilado pelas gentes da cidade grande. A vida no interior me deu três ensinamentos que procuro conservar: nunca perder o bom humor, não me dar muito valor, e rir de mim mesmo. Isso eu tenho naturalmente, desde criança. Então, quando alguém vem fazer gozação comigo, eu não me irrito, porque faço isso também!

Outra coisa legal daquele lugar era o ambiente democrático da escola. Era uma escola pública muito boa, onde estudavam o filho do prefeito, o filho do juiz, o filho do alfaiate, filho de todo mundo na mesma classe. Então, de repente, estava todo mundo exercitando uma cidadania ali, sem querer. A gente cresceu com o diferente, com o contraditório, sem fazer distinção. Junto conosco estudava o pessoal da caixa escolar, que eram os mais carentes. Eles iam descalços e tomavam uma sopa que a gente era doido pra tomar – e às vezes conseguia!

Quando tinha baile, estavam todos no baile. Todo mundo tocava na fanfarra. Todo mundo era do time de basquete, todo mundo era do time de futebol. Então, foi um crescimento sem preconceito. E a cidade guardava hábitos muito saudáveis de ajuda ao próximo. Por exemplo, o meu pai era vicentino. Os vicentinos são uma irmandade católica que, seguindo os preceitos de São Vicente de Paula, presta assistência aos idosos, aos presidiários, aos mais desassistidos pela sociedade. Durante anos, todo domingo, a gente ia à missa das 8 e meia, passava na cadeia para visitar presos, depois ia distribuir mantimentos no asilo. Só depois voltava, almoçava, ia pro campo de futebol assistir à preliminar e ao jogo principal. Então, foi uma formação humanista porque os valores – praticados, mais do que discursados – eram outros.

Das visitas à cadeia lembro de um amigo do meu pai, o Baiano. Aquele homem era briguento que era uma coisa. Um amor de pessoa, sóbrio. Mas era beber e arranjava encrenca. Brigava de esfaquear. Resultado: vira e mexe era preso. Vira e mexe estava a gente lá, visitando o Baiano.

Ele pedia para levar rosca, aquelas roscas de padaria. A gente levava. Aí, um dia, ele pediu conhaque de alcatrão Xavier, um que se comprava em farmácia. Eu era criança, levava. Até que o filho do delegado, que estudava na minha classe, me chamou num canto:

– Meu pai falou que você levou conhaque pro Baiano.
– Levei, era remédio, ele tava precisando.
– Não, meu pai falou que era conhaque mesmo. E pra não amolar você nem o seu pai, ele pegou a garrafa do Baiano.

O filho da mãe tomava conhaque que eu levava achando que era remédio! E ele sempre acabava saindo da cadeia, né? Naquele tempo não tinha tráfico, não tinha quadrilha, ladrão. De vez em quando aparecia lá um crime passional, mas era coisa rara. O mais era bebedeira – um bêbado que, de repente, pega uma faca e faz algum estrago.

Formatura do ginásio, 1956

Durante a guerra meus pais esconderam em casa uma família de japoneses. Naquela época o alemão, japonês e italiano – as nações do eixo – e seus descendentes eram vistos com preconceito. Era uma solidariedade natural, sem teoria. A cidade inteira sabia que a família estava lá, mas era como se estivessem sob a nossa proteção. Meu pai tinha uma força moral muito grande. Ele chegou a ser convidado a sair como candidato único a prefeito da cidade – uma coisa até então impensável, digamos assim. Ele não topou, evidentemente. Eu até insisti – afinal iria ser filho do prefeito! Mas o velho Fermino foi sábio o suficiente pra recusar o convite.

Continuei filho do alfaiate e o desejo de ser ator não saía da minha cabeça. Meu pai, já falei, tinha a oficina e meu tio Osvaldo o ajudava – esse é alfaiate até hoje. Só que os outros três irmãos se formaram professores e eu meio que estava sendo preparado pra ser professor também. Tanto que cheguei a fazer a escola normal, hoje magistério. Estudava pra professor de manhã e fazia escola de comércio à noite. Só me formei em uma delas.

Eu sempre chegava atrasado na escola normal e, quando entrei pro centro acadêmico, então, eu ficava no intervalo fazendo política e não entrava em aula. Ou seja, não terminei o curso.

Com o diploma de contador nas mãos, fiz o que a maioria dos jovens das cidades pequenas faz: resolvi cavar meu futuro num lugar maior. Fui pra São Paulo.

Com os amigos do Tiro de Guerra

Capítulo III

Tomando Coragem

Fui atrás do meu sonho. Um sonho meio caipira, meio tímido e que, aos poucos, começou a se tornar realidade. Vim sozinho pra São Paulo. Primeiro morei com a tia Maria, irmã da minha mãe, no bairro do Mandaqui. O meu trabalho era numa concessionária da Simca Chambord, aquela marca de carros. Trabalhava no escritório, afinal tinha me formado contador, lembra? Comecei na Rua Ana Cintra, em frente à igreja Santa Cecília, depois fui para a Rua do Hipódromo, onde ficava a oficina mecânica.

Minha paixão por cinema aumentou ainda mais! De sábado e domingo eu ia às sessões das duas, das quatro, das seis e das oito. Meus preferidos eram os Cines Ipiranga, Marabá e Marrocos – todos bem próximos do ponto, que era pra não perder o último ônibus.

Um dos filmes daquele período que mais me marcou, que mais me fez a cabeça politicamente foi *Os Companheiros*, do Mário Monicelli. É a história da primeira greve acontecida na Europa, quando eles reivindicaram reduzir a jornada desumana de trabalho. Nossa! Tinha um elenco fantástico. O Marcello Mastroianni fazia um professor, um grande líder intelectual. Tem uma cena dele memorável: enquanto os operários estavam na greve, ele ia transar com a filha do líder grevista que tinha 17 ou 18 anos. Era uma coisa moralmente criticável, mas mostrava bem a condição do agitador que, na hora de ir, não ia. Até porque a missão dele era continuar a pregação para os operários, uma coisa mais no nível teórico. Então o filme não ficava só no lado heróico, dos grevistas, mas abordava o lado do humano, das falhas, dos desejos.

Foi a primeira vez que vi um filme ser aplaudido. Foi no Cine Marrocos, numa sessão de quinta-feira, duas horas da tarde. Umas 50 ou 60 pessoas, entusiasmadas. Pessoas que não foram lá pra aplaudir, mas que, contagiadas pela qualidade da obra, não resistiram.

Televisor em casa eu só tive bem depois que cheguei em São Paulo. Foi quando passei a dividir apartamento com mais dois e, em três, compramos um aparelho. Pra você ver como era caro, principalmente pra nós. E era daquele tipo que a gente quase jogava a antena no chão, de raiva. Antena interna, que a externa era um absurdo de caro! Lembro que gostava muito do programa do maestro Simonetti, na TV Cultura, canal 2.

Eu não perdia um programa do *TV de Vanguarda, TV de Comédia*, tudo que era ligado à apresentação de peça teatral, fosse de autor conhecido ou não, eu assistia. E não tinha entrado ainda na escola de teatro. Estava começando a querer entrar.

Bem, eu trabalhava na tal oficina da Rua do Hipódromo, na Mooca. Todos os dias o meu ônibus passava em frente à EAD, que, naquele tempo, funcionava no prédio da atual Pinacoteca, lá na Avenida Tiradentes. Todos os dias ou olhava praquela placa. Às vezes eu estava indo de pé, me segurando no ônibus lotado, dava um jeito de espichar a cabeça e ler: Escola de Arte Dramática. Aquela vontade de fazer o curso! Só que não me achava em condição. Sabe aquela inibição de caipira: *imagine se eu vou cruzar aquele portão lá?*

Então, fiquei um ano naquele chove não molha, adiando a decisão. Passava e via: inscrições abertas. Um dia, desci do ônibus e fui lá perguntar quando se encerrariam as inscrições. Dia 30 de novembro. O que precisa? Tais e tais documentos e levar o trecho de uma peça para fazer. Você acredita que eu cheguei a ir no dia 1º de dezembro só pra ouvir que as inscrições já tinham sido encerradas? Era como se a culpa não fosse minha, pois eu tinha ido até lá. É muito louco isso!

Fui, com um grupo de amigos, assistir à peça *Os Pequenos Burgueses*, no Teatro Oficina. Fiquei encantado. Adorei um ator que, depois vim a saber, era o Eugênio Kusnet. Voltei pra assistir mais umas três ou quatro vezes. Eu não entendia quase nada de teatro, mas aí já tinha decidido, era aquilo mesmo que eu queria.

No ano seguinte falei: agora eu vou. Fiz a inscrição no último dia! E cadê a tal peça que eu deveria apresentar? Não conhecia nenhuma! Não conhecia ninguém de teatro, não tinha com quem contracenar na hora do teste. O que fazer? Como eu tinha lido a obra de Gil Vicente pras aulas de Português, escolhi um trecho d'*O Monólogo do Vaqueiro* para apresentar. A Maria Thereza Vargas me atendeu na secretaria. Santa Maria Thereza. Viu a minha escolha, olhou pra mim e disse:

– *O monólogo do vaqueiro? É muito difícil.*
– *Pois é, mas eu gosto muito desse texto!* – como se tivesse sido uma escolha pensada!
– *Olha, um outro candidato trocou de texto. Ele deixou este aqui e levou outro. Por que você não faz este?*

Era uma cena da peça *Longa Jornada Noite Adentro*, do Eugene O'Neill. Eu deveria interpretar o filho, Edward, o trecho começava assim: *Por favor, papai, esqueça isso. Mamãe caminha lá em cima como uma marafona que ronda o passado e nós fingimos esquecer...* Não esqueço até hoje. Até hoje agradeço a Maria Thereza, por estas e muitas outras coisas que vou contar mais adiante.

Dia do exame de seleção. Fui lá, fiz o teste no maior nervosismo. Eram quase 300 candidatos para 30 vagas. E tive de tomar uns bons conhaques para fazer a prova de Português, que era uma redação. Os temas eram: *como se constrói a personagem* e *Hamlet*. Este eu não sabia quem era. Então escrevi sobre o primeiro tema, por intuição.

Durante os testes, enquanto ficava esperando, pensava: *meu Deus do céu, o que estou fazendo aqui?* Tinha um pessoal conversando sobre Brecht, outro grupinho opinava sobre Shakespeare... Isso tomando café, no corredor, na cantina. Stanislavski! Quem é esse? Eu não sabia nada! *Eu estou deslocado aqui, não é aqui o meu lugar.*

Não falei pra ninguém da família que eu tinha prestado exames. O resultado ia sair no jornal *Estadão* na quarta-feira de cinzas. Eu tinha ido passar o carnaval em Santa Cruz do Rio Pardo, pra variar. Fui comprar o *Estadão*, e lá estava o meu nome: Umberto Magnani Netto, escrito direitinho – foi a única vez que escreveram meu nome direitinho, porque daí até hoje sai com *H*. Cortei aquele pedaço do jornal e não contei pra ninguém em casa. Eu achava que ia ter aquela famosa preocupação de família, a respeito da profissão de ator não ter futuro, por exemplo. Não queria ter esse papo lá em casa, não àquela hora, antes de começar. Até porque eu poderia não seguir em frente, como fiz em outros cursos. Então, por que levantar polêmica?

Eu até entendo a preocupação deles, porque teatro é uma coisa tão impressionante, tão envolvente que você corre o risco de se tornar um *vagabundo*, alguém que vive pros ensaios. Eles temiam que eu me dedicasse tão integralmente que ficasse sem sustento em São Paulo. Só depois do segundo semestre é que resolvi contar. E foi numa boa. Até porque eu estava trabalhando também e eles podiam ficar mais tranquilos quanto à minha sobrevivência.

Morei um tempo na casa da minha tia Maria, até que surgiu a oportunidade de eu dividir um apartamento em Santa Cecília. Lá morava um primo meu que jogava futebol no Palmeiras, se chamava Ivan. Com ele morava o Norberto, que também jogava futebol no juvenil do Palmeiras e fazia faculdade de direito no Mackenzie. Anos depois ele virou meu compadre – fui padrinho de casamento dele, ele foi do meu e, mais tarde, nascida minha filha Graciana, ele batizou! Como eu já frequentava o apartamento deles nos finais de semana, quando o passe do Ivan foi vendido para o Náutico de Recife, entrei no lugar dele no apartamento.

Pra mim foi o paraíso. Estava morando no centro da cidade e não precisaria mais me preocupar com o horário do último ônibus. Poderia assistir a todos os filmes que quisesse, à hora que bem entendesse. E estava fazendo o curso de teatro com que sempre sonhara!

Capítulo IV

Ah! Se Alguém de Santa Cruz me Visse Agora!

A EAD foi tudo pra mim na minha profissão. Porque eu cheguei zero-quilômetro. Inclusive a minha grande dificuldade, no começo, era enfrentar o corredor, mais do que as aulas. Como eu falei, a maioria das pessoas que estavam lá já fazia teatro havia muito tempo. Já conheciam autores, encenadores. Opinavam, discutiam, polemizavam. Tinha aquela coisa que é comum em qualquer escola: a educação formal fica dentro da sala de aula e o lado cultural fica no corredor. Esse binômio educação-cultura é, muitas vezes, antagônico, mas tem de continuar existindo. O que se ensina na sala de aula é o oficial, o formal. O lado do corredor é sempre mais subversivo, digamos. E, num determinado momento, esse lado funciona como a negação do oficial. Na EAD tinha muito disso.

Eu não questionava a escola sob o ponto de vista do que ela estava me ensinando – coisa que muitos outros alunos faziam, até por saberem mais. Pra mim era tudo verdade aquilo. Era e é. Podia, sim, questionar por causa da minha ansiedade: eu queria ir logo para o palco, queria ir logo para o Nelson Rodrigues. Martins Pena, padre José de Anchieta, Gil Vicente parece que não me bastavam.

Lá a gente começava estudando o teatro grego. E tinha muita gente, inclusive na minha classe, que já conhecia, que já tinha encenado peças. Quando fui estudar Ésquilo, na primeira aula com Paulo Mendonça, achei muito chata uma personagem falando durante quatro páginas. Por causa das aulas de História, no ginásio, já sabia da existência do teatro na Grécia e do edifício teatral. Mas confundia Aristófanes com Aristóteles, era esse o meu nível. Então, durante os papos, eu era um quietão. Eu tinha, talvez, medo de me expor. Medo de pagar mico, como se fala hoje. Cheguei até a duvidar da minha opção. Pensava: *será que é isso mesmo que eu quero? Acho que não tenho condições intelectuais pra acompanhar isso*. Bobagens. Depois, é claro, fui percebendo que o conhecimento deles não era tão grande assim. Mas, até que isso acontecesse, sofri pra burro!

Acho que tive muita sorte com a classe, porque eram todos iguais a mim, gente *normal*, que trabalhava durante o dia, que fazia outros cursos. Gente que não vivia única e exclusivamente para a escola. As outras turmas eram maravilhosas, mas elas quase que passavam o dia na escola.

Eu não, fora a noite eu passava o sábado e o domingo. Passaria o dia também se não precisasse trabalhar. A nossa turma, não. Antonio Petrin, por exemplo, era desenhista-projetista numa fábrica. Eu tinha colegas que faziam Filosofia, Ciências Sociais na USP, a Dilma de Mello Silva, era uma delas. Outro fazia Odontologia, o Antonio Natal.

Uns cinco ou seis alunos da escola faziam teatro amador no ABC paulista e até já tinham sido dirigidos pelo Ademar Guerra. Eram conhecidos como *rolo compressor do ABC* porque dava dez pras onze e era um pique só, pra ir embora. A escola ficava ali no bairro da Luz e o último trem pro ABC era às onze. Então podia estar no meio da prova, no meio da peça, lá iam eles, correndo pra tentar chegar em casa. Sonia Guedes e o marido, Aníbal Guedes. Pessoal esforçado, valente.

No primeiro ano não se encenava peça nenhuma. Os iniciantes faziam só figuração para as outras turmas e pequenas cenas durante as aulas. Uma figuração inesquecível, porque a primeira, foi no Gil Vicente. Eu estreei no palco do Teatro Municipal de São Paulo, sem abrir a boca, fazendo figuração no *Auto da Alma*. Depois, n'*O Velho da Horta*, eu fazia o noivo. Também não abria a boca, mas ficava muito nervoso, precisava tomar conhaque antes de entrar em cena.

Duas vezes eu fiz figuração quando a *Commèdie Française* veio se apresentar no Brasil. O doutor Alfredo oferecia os alunos da EAD como figurantes e, em troca, recebia convites para a temporada. Da primeira vez fui um figurante mudo. Da segunda, eu tinha uma fala, numa peça de Musset. Eu era um dos convidados de uma grande festa e, de repente, entrava numa das salas e flagrava o dono da casa, de ceroulas, namorando uma mulher. Então o meu personagem tinha que passar com uma acompanhante, tapar os olhos dela com as mãos e dizer: *C´est un scandale!*

Foi muito útil essa participação que nós fizemos. Aprendemos com eles a disciplina na coxia e a impressionante técnica de interpretação. Lembro que no espetáculo *El Cid,* a mocinha, Chimène, tinha de entrar em cena chorando. Pois a atriz, na coxia, apertava o nariz, dava uma fungada e, em segundos, entrava em lágrimas. A plateia chorava junto. E eram tantas as peças do repertório que os atores precisavam de ponto pra soprar as falas pra eles.

Sabe pra que mais foi importante participar dessas figurações? Pra eu me aproximar de Cecília Maciel, hoje minha mulher. Nós éramos da mesma turma e tal. Sabe como é, no começo éramos colegas de escola, nada mais. Só que um dia, numa dessas cenas do primeiro ano – *Eles não Usam Black tie* – rolou um beijinho. Pronto, me apaixonei.

Ela é de São Paulo. Acabou atuando como atriz e produtora também, como eu. Trabalhou muito no Teatro do Sesi, fez novela na TV Excelsior, fez uma novela na Globo que foi gravada aqui em São Paulo. Minha querida Cecília, com quem tive três filhos e com quem estou até hoje, há mais de 40 anos!

Então a gente ia fazendo essas figurações dentro e fora da escola e ia praticando algumas coisas durante as aulas. Por exemplo, nas aulas que a gente fazia com a Mylène Pacheco, que era nossa professora de dicção, havia trechos de *Leonor de Mendonça*, d'*Os Persas*. São textos que se eu pegar hoje, acho que ainda sei de cor.

Ai, as aulas de dicção... Você imagine que era como se estivessem ensinando uma criança a falar. Esse era o meu caso, pelo menos. Não pelo meu sotaque caipira, é que a professora era muito rigorosa, não tinha meio-termo. Tinha uma das provas, por exemplo, que era zero ou dez. Um dia em vez de falar tigre, com aquele *t* em que a gente encosta a língua no céu da boca, falei como se fosse *tchigre*. Tirei zero, claro. Um rigor que me fazia suar frio. Eu sonhava com a professora! O fato de ter sido locutor não me facilitava porque havia um tipo padronizado de dicção para o ator. Só que eu já me identificava com o Teatro de Arena, que tinha um outro modo de falar!

Várias vezes eu quis sair, principalmente por causa das aulas de dicção com a Mylène. Lógico que, depois, eu fui entendendo que aquelas aulas nos davam uma ferramenta e que, sabendo usá-la, podíamos até sair dela e voltar, quando necessário. Isso me possibilitou fazer espetáculos, por exemplo, em frente de uma tela de cinema, para 1.800 pessoas e consegui jogar a voz até a última fila com naturalidade, sem berrar, sem ficar rouco nem nada. Então foi uma técnica fundamentalíssima pra mim. Mas isso tudo você percebe depois que saiu da escola.

Enquanto as outras turmas eram muito sérias e compenetradas, a nossa conseguia rir de tudo. Nosso grupo brincava muito, era meio debochado, pra dizer a verdade. Responsáveis na hora de trabalhar, mas que também sabia se divertir. Formamos o primeiro time de futebol da EAD, pra você ter uma ideia.

Eu adorava futebol. Pensando bem, acho que ter brincado de jogar futebol, brincado de basquete, me auxiliou demais nas marcações de palco. No

Com o time de futebol da EAD

jogo você aprende a se colocar, a se deslocar pra receber a bola. No espaço só cabe uma pessoa, se tem que entrar outra, então você sai. A visão de conjunto, ter uma espécie de olho aqui e outro ali, de pensar como coletivo. De todas as peças que eu fiz me lembro muito pouco das marcas do diretor. Quando saía do trabalho de mesa, ia direto pra uma marca intuitiva, herança do jogo. O que o diretor fazia era corrigir, às vezes, no decorrer dos ensaios. E sabe outra coisa que o jogo te dá? Prontidão. Mas disso eu quero falar mais pra frente. Chegou a hora de eu falar de balé...

Hoje eu rio muito lembrando das nossas aulas de expressão corporal, dadas pela Chinita Ullmann. Rio quando lembro do nosso sofrimento! Os exercícios básicos eram os mesmos do balé clássico. Imagine se um sujeito de Santa Cruz me visse na primeira posição, na segunda posição! Se me visse saltitando!? Que vergonha fazer aquilo! Porque tinha aquela coisa de macho!

E na hora de comprar a malha pra fazer aula? Quem vendia era a mãe da bailarina Márika Gidali. Eu fui comprar escondido. Escondido de mim! O subtexto era assim: *Não é pra mim.*

– É para um primo meu que faz balé.
– E qual é o manequim dele?

– Não sei... Ele tem mais ou menos o meu tamanho. Não! Ele é um pouquinho maior! – que era pra malha não ficar muito justinha...

Chinita deu um semestre inteiro de dança clássica. As pessoas que tinham uma base de dança se saíam muito bem nas primeiras aulas, mas não bastava fazer tudo direitinho. Era preciso ter alguma coisa interior que eu acho que havia perdido depois de tanto futebol e tantas descidas de boia no Rio Pardo.

Como eu trabalhava de segunda a sexta das 8 da manhã às 6 da tarde, e de sábado até o meio-dia, me restava pouquíssimo tempo pra estudar, pra decorar os textos. Os livros a serem consultados, a gente não achava pra comprar. Em língua portuguesa, menos ainda, a maioria era em francês ou espanhol. Então toda essa dificuldade e a questão do tempo foram meio que me pressionando. Eu sabia que, hora ou outra, eu ia ter de tomar uma decisão e mudar de emprego.

Todo mundo na nossa turma trabalhava ou estudava o dia inteiro e precisava roubar um pouco de sono depois da escola pra estudar. Éramos muito esforçados. Quando dona Maria José pegou a minha turma, no segundo ano, fez uma série de restrições à dicção da classe. Agora, olha só o que estava acontecendo: estávamos no início das aulas, estudando Gil Vicente, e a cidade toda ficou sem luz. Interromper o trabalho? Jamais. Nós líamos à luz de velas! Claro que não enxergávamos direito, então errávamos demais na leitura! Naquele ano a luz faltou durante várias segundas-feiras – e cada aluno ia pra aula levando a sua vela. Apesar de todo o esforço, dona Maria José nos achou malpreparados, e não adiantava argumentar...

Sambávamos direitinho pra conseguir entregar os trabalhos em dia. E chegou a hora de eu falar um pouco mais – embora saiba que nunca vai ser o suficiente – sobre a Maria Thereza Vargas, fazer um elogio à sua generosidade. Eu tinha de entregar um trabalho para o professor Paulo Mendonça e o prazo havia se esgotado. Ele determinou, então, que eu entregasse o material até a próxima sexta-feira pra Maria Thereza.

Como não tinha dado tempo de terminar, cheguei ao prazo limite sem o trabalho. Fui até ela e falei, usando toda a minha *técnica interpretativa*:

– Dona Maria Thereza, aconteceu uma coisa horrível. Eu estava trazendo o trabalho, só que, como estava chovendo, fui pular uma enxurrada e ele caiu da minha mão e rolou. Posso entregar segunda?

É óbvio que ela não acreditou na história. E eu nunca vou me esquecer disso: ela parou, me olhou e disse:

– *Pode.*

Era uma generosidade imensa, um reconhecimento do nosso esforço, das nossas dificuldades. Ela nos recebia diariamente de forma acolhedora, se preocupava com a gente, nos orientava. Por exemplo, quando alguém precisava de algum livro ou material que a biblioteca da escola não tinha, quando a pessoa chegava no outro dia, a Maria Thereza ia logo dizendo: *olha, aquilo de que você precisa tem em tal lugar.* Quer dizer, ela pesquisava durante o dia para nos ajudar.

Ela conseguia cuidar de todo mundo. O interesse dela pela escola; pelo diretor, o doutor Alfredo Mesquita; pela nossa formação, era uma coisa tão grande! Havia uma dedicação e um interesse quase que individual pelos alunos. E ela sacava, inclusive, o jeito de cada um, a ponto de se dar bem tanto com o caipira aqui, sabendo a melhor forma de chegar em mim, sempre querendo ajudar, e de chegar em uma pessoa mais intelectualizada. É muito bom saber que ela continua ativa como pesquisadora, publicando, fazendo um trabalho da maior importância.

A EAD foi diferente para cada turma porque, a meu ver, ela era um pouco feita de coincidências. Podia-se tanto pegar uma carona com o terceiro ano, fazendo figuração em uma peça dirigida por Antunes Filho, quanto ser dirigido por um estrangeiro que ficasse mais tempo no país e que fosse puxado para a escola pelo doutor Alfredo. Não fomos dirigidos por ninguém de fora, mas, em compensação, minha turma viajou como nenhuma outra. Nas viagens o grupo se dividia para cuidar do guarda-roupa, dos cenários, da contrarregragem, da luz, da administração, da divulgação, da tesouraria. Isso foi uma grande aprendizagem que, com certeza, não estava no currículo.

Acho que minha formação como contador acabou influenciando de alguma forma a minha atuação como produtor de teatro. Durante as viagens cênicas que fazíamos quem assumia a administração das finanças era eu. Tinha sempre um titular e um reserva nas comissões. Então, eu era titular da administração e reserva da luz. O titular da luz era o Aníbal Guedes. Na verdade, eu ajudava na luz, segurando a escada. O Aníbal é que subia e se arriscava. Tínhamos essa divisão de trabalho porque, em algumas viagens, a bilheteria era nossa. Coisinha pouca, como se fosse um real o ingresso, mas que precisava de administração!

Até que o Antunes Filho chegou para o terceiro ano e propôs montar *A Falecida,* do Nelson Rodrigues. Eles eram apenas em quatro alunos, então foram chamar os segundanistas, para alguns papéis, e nós, os primeiranistas, para figuração. A gente apelidava a figuração de *reborréia*, que era o resto do resto da insignificância. Essas figuras eram evidentemente chamadas um mês antes da estreia. Aí, eu estava fazendo figuração e o Antunes me viu. Foi até chato, sabe? Porque ele acabou tirando o cara do segundo ano e me colocando no papel dele. Foi quando eu caí em mim: *Bom, se o Antunes me pôs é porque eu devo continuar mesmo, é isso que eu quero*.

Então finalmente me convenci. E decidi mudar de emprego. Alguém se lembra do Banco Lar Brasileiro? Hoje ele nem existe mais, foi incorporado pelo Banco Chase Manhattan S/A. Pois é, fui trabalhar lá, como caixa, pois a jornada num banco era menor. Ganhei mais tempo para estudar e isso foi muito importante porque, a partir daí, começaríamos a montar peças.

O Antunes me deu segurança com a montagem de *A Falecida*. Conclui: sou ator. Se existe alguma falha teórica aí, ela é perfeitamente corrigível, é só ir atrás e pesquisar, frequentar teatro, etc. A paranoia acabou.

Dentre as peças que montamos na EAD, duas das mais significativas para mim foram *Somos Todos do Jardim da Infância*, de Domingos de Oliveira e *Qual é o Veredicto?*, de Miriam San Juan. Foram essas montagens que me deram a primeira experiência de viagem cênica. Montar e desmontar cenários, administrar, conhecer e se relacionar com públicos diferentes.

Outra peça memorável foi *Esse Ovo é um Galo*, do Lauro César Muniz. Foi a primeira vez que o doutor Alfredo conseguiu montar, lá dentro da escola, um texto de um autor formado lá, com cenografia de alguém formado lá – Carmélio Guagliano, dirigido por uma pessoa formada lá, que foi o Silney Siqueira. Com o elenco de lá, tudo de lá. E era uma peça que se passava do interior de São Paulo durante a Revolução de 32. Correu tudo tão bem que a Ruth Escobar resolveu levar profissionalmente depois e, da turma da escola, ela levou cinco de nós.

Quando fomos para a montagem profissional a coisa foi diferente. A Ruth levou o pessoal com a idade dos personagens. Na escola pessoas jovens tinham de fazer os papéis dos idosos, por exemplo. E a produtora, claro, já contratou atores idosos de verdade. Eu me lembro que um dos veteranos era o Sadi Cabral que, na época, estava com 44 anos de carreira! E justo

Com Júlio César, Antonio Natal e Juan de Dios em Somos Todos do Jardim da Infância

Com Juan de Dios, Antonio Petrin e Antonio Natal em Esse Ovo é um Galo

com ele foi acontecer um rolo que me deixou em maus lençóis.

Numa determinada cena da peça eu tinha de lhe entregar uma carta. Todas as noites ia eu lá, fazia tudo certinho. Beleza. Uma vez, depois de dois meses de peça, não sei o que houve, entreguei somente o envelope. Eu já sabia a carta de cor e ele, coitadinho, já idoso, não sabia de cor, precisava ler. Quando vi que era só o envelope, que ele começou a ficar vermelho, eu falei: *O senhor está vendo aí, né? A carta diz isso, diz aquilo, aquele outro*. Falei todo o conteúdo da carta e, claro, a cena continuou. Mas, assim que saímos de cena, ele virou para mim e falou, cheio de raiva:

– *Olha aqui, rapaz, eu vou ligar para o Alfredo e vou dizer que tipo de aluno ele está formando na escola dele.*

Pedi mil desculpas, expliquei que ficava tudo no bolso do figurino. Deve ter passado pela cabeça dele que tivesse sido proposital. Ficamos grandes amigos depois, felizmente. E acho que essas situações também ajudam a formar a gente. Por que a gente entra em cena e *entrega pra Deus*. Não tem outra definição para quando você começa o espetáculo e entra em cena. A cada noite o público é diferente, a energia que vem de cada plateia é diferente. Tem dias em que você enrosca o figurino em algum lugar, tropeça. Claro que não é proposital, mas eu acredito que talvez seja alguma coisa de energia. Ou seja, o ator fica totalmente vulnerável, dependendo da improvisação, da prontidão para resolver os imprevistos.

Agora, o tipo de aluno que o doutor Alfredo formava ou, pelo menos, queria formar, era o melhor possível. Disso eu não tenho dúvida. Aprendi muito na EAD também porque me tornei muito amigo do doutor Alfredo. Aprendi muito nos papos com ele. E ele me ensinava sem achar que estava me ensinando. Teve uma vez em que ele falou uma coisa que foi até engraçada:

– É... Essa sua turma, ela está fadada a fazer só peças brasileiras...

Quando ele falou *só*, aquilo para mim foi um elogio. Coitadinho, talvez ele achasse que não preparou direito a turma para os clássicos, digamos. Eu fiz vários clássicos depois, todos fizeram. Não é isso. Ele falou com muito carinho. E a gente tem de dar um desconto, por causa da formação dele, das coisas em que ele acreditava. Foi até meu padrinho de casamento!

Por falar nisso, a EAD também tem a sua história sentimental! Quantos casais se formaram lá e que o doutor Alfredo apadrinhou! De cabeça, lembro do Sílvio Zilber com a Míriam Muniz; Geraldo Mateus e Monah Delacy; o João José Pompeu e a Ruthinéa de Morais; a Bri Fiocca e o Zanoni Ferrite; o Celso Nunes e a Regina Braga; Luiz Serra e Analy Alvarez, a Cecília Maciel e eu... Nós misturávamos os casais das peças com a vida real. Eu, pelo menos, fui logo me apaixonando!

Quando batizei minha filha Ana Júlia, em 1980, convidei o doutor Alfredo para a festa. O batizado foi em casa, celebrado pelo dominicano José Maria Lorenzetti, amigo nosso de Santa Cruz do Rio Pardo. Minha avó Rute fez um pernil num forno de barro, como se estivesse num quintal do interior. Doutor Alfredo chegou mais ou menos às dez e meia, foi ficando, ficando, lembrando da infância na fazenda dos avós... Só foi embora às cinco e meia da tarde.

Depois que a EAD foi anexada à USP ele teve uma fase em que não queria saber de teatro. Me lembro de ele ter dito:

– Umberto, uma escola de teatro não pode ter segunda época. O aluno é ator ou não é. E tem também o problema prático: como é que se vai convocar um elenco em fevereiro para analisar uma pessoa que foi mal em dezembro?

Ouvi muitos comentários injustos. Algumas pessoas diziam que ele queria passar a escola para a USP para ficar como diretor e ter um bom salário. Na verdade, a única preocupação dele era com as pessoas que ele formou: Maria Parra, João Sabiá, Mylène Pacheco e tantas outras – pessoas que não tinham formação universitária.

Uma coisa que a EAD me ensinou e que, mais tarde, se complementou na prática foi a consciência da função do ator – da atitude do ator e da sua responsabilidade. Havia uma cumplicidade entre as várias turmas, mesmo as que não chegaram a se conhecer dentro da escola. Ensinou a hierarquia que a nossa profissão tem, uma hierarquia espontânea, não de cima para baixo. Era essa que tinha lá: primeiro ano, figuração; segundo, papéis pequenos; terceiro, protagonista. Ensinou o trabalho coletivo que é o teatro. A ética da profissão eu aprendi lá.

Outra coisa que aprendi foi valorizar qualquer passagem em cena. Nunca atrapalhar o colega, nunca roubar a cena, por exemplo. Procurar sempre servir ao outro. E é um prazer ver colegas meus seguindo carreira de maneira tão brilhante – mesmo que fora do teatro.

A gente procura se ver de vez em quando. Fizemos um encontro dos dez anos de formatura, dos

15, dos 20. Alguns já morreram, outros sumiram. Perdemos o Julio César Costa, o Aníbal Guedes e o Dionísio Amadi. A Analy Alvarez continua na área, fazendo um trabalho tão importante em cultura em São Paulo; o Antonio Petrin, todos sabem, está sempre aí, atuando. O Alexandre Dressler é professor; a Dilma, que saudade, também. A Regina Braga taí, premiadíssima. Formamos um casal recentemente na novela *Mulheres Apaixonadas.* O Thomaz Perri, quem diria, virou fazendeiro, pode? Algum de nós tinha de ganhar dinheiro, né? O Josias de Oliveira também, virou empresário. Antonio Natal seguiu um pouco mais a carreira teatral, mas acabou optando pela Odontologia, que ele alterna com a pintura. Outro homem dos mil instrumentos é o Juan de Dios: foi ator, juiz de futebol, motorista de táxi, calista e, no presente momento, deve estar fazendo alguma outra coisa inusitada. O Crayton Sarzi não seguiu como ator e da Bruna Fernandes não tive mais notícia. Foi uma turma inesquecível, tenho certeza de que para todo mundo.

A EAD foi muito útil pra mim porque me formou mesmo. Eu saí de lá e fui pro Arena, onde fiquei dois anos. Depois fui pra companhia do Paulo Autran. Considero a minha formação como ator como tendo ocorrido nesses sete anos. Eu peguei a academia de uma escola, peguei o popular de um grupo e, depois, uma companhia formada profissionalmente, digamos, numa proposta mais tradicional.

Hoje eu concluo que a escola deveria ter muitos anos de duração, talvez cinco ou seis anos, para poder preparar alunos como eu, tão despreparados. Mas os cursos dependiam também do dinheiro que a escola tinha naquele momento. Eu, por exemplo, não tive curso sobre Brecht.

Os textos eram escolhidos de acordo com a classe. Se a classe era de dez pessoas, seis mulheres e quatro homens, procurava-se desesperadamente um texto adequado a esse grupo e de conteúdo interessante. A partir daí é que se iria estudar Strindberg ou Ionesco. Quando, na verdade, deveria ser o contrário: é preciso estudar e pronto. Por isso o ensino variava muito ano a ano.

Os diretores que nos dirigiam não ganhavam muito. Eles só podiam dar essa contribuição quando sua vida profissional permitia. Em alguns anos, como, por exemplo, em 1966, não houve essa coincidência. Então, a escola tinha de se apoiar naquele núcleo permanente e abnegado: Paulo Mendonça, Cândida, doutor Alfredo... Essas contingências tornavam o ensino muito variável.

Mas não importa. Os inúmeros benefícios proporcionados pela EAD superam, e muito, as falhas. Doutor Alfredo foi um pioneiro. Se há tão bons atores hoje no mercado, muito se deve ao seu empenho e ponto final.

É por isso que a EAD no tempo do doutor Alfredo era uma espécie de mito. Em qualquer elenco em que a gente trabalhe, sente um certo respeito em volta. Flávio Império, com aquele jeitão debochado, tinha um grande respeito pelo doutor Alfredo, assim como Augusto Boal, com seu teatro revolucionário.

Sei que saí de lá pronto para qualquer desafio.

Capítulo V

Nós Temos uma Missão pra Você

Quando saí da EAD, depois da rápida passagem pelo teatro Ruth Escobar com *Este Ovo é um Galo*, o espetáculo *Feira Paulista de Opinião* ocupou o palco do teatro, sob a direção de Augusto Boal. Um mês e pouco depois da estreia, ele me convidou para entrar no lugar do Antonio Fagundes que ia sair. Boal já me conhecia da EAD e da minha tietagem no Teatro de Arena – tinha assistido *Arena Conta Zumbi* umas oitocentas vezes, *Arena Conta Tiradentes, Inspetor Geral*, essa coisa toda. O Zanoni Ferrite, meu colega de EAD, que já estava na *Feira*, me indicou pro Boal e ele me chamou.

O Boal ironizava muito o jeito de falar com que chegávamos da EAD. Ele fazia uma gozação carinhosa, não era pra anular o que tínhamos aprendido. Nós chegávamos lá com aquela voz empostada de quem declamava *a morte de Afonso VI, rei de Leão e Castela* nas aulas de dicção. O Boal quebrava isso conscientemente.

Mesmo formado e com espetáculo em cartaz eu continuava a trabalhar no banco. Tinha aquele medão, né? E se a casa cai? No meio do ano íamos começar a ensaiar a próxima montagem,

Macbird. Então, o que aconteceria? Estaríamos com uma peça em cartaz à noite e ensaiaríamos a nova produção à tarde. Ou seja, eu teria de dar um jeito na minha vida. E foi a vida quem acabou dando um jeito pra mim. A vida não, Santo Antonio.

Minha irmã decidiu se casar. Mas cadê dinheiro? E minha mãe fazia questão de festa – afinal, era a única filha, aquelas coisas. Então eu falei: pronto, a hora é agora. Naquele tempo não tinha fundo de garantia, era indenização. Arrumei um jeito de ser mandado embora do banco, fui indenizado e, com o dinheiro da indenização, pagou-se a festa de casamento da minha irmã.

Eu fiquei duro, mas livre! A partir de agosto lá estava eu ensaiando à tarde e apresentando à noite. Tive de contar uma mentirinha em casa, sabe como é. Eu tinha aberto mão de uma quantia que entrava na minha conta todo mês, precisava tranquilizar a família de alguma forma. Disse pra minha mãe que em teatro eu iria ganhar o mesmo que ganhava no banco – ou até mais! Só que mãe não acredita, ela sempre sabe quando a gente está tentando enganar. A minha teve uma reação do tipo: *é melhor que isso seja verdade...*

Que fase difícil aquela. Mas que fase maravilhosa! Tem gente que lembra dos tempos complicados com amargura, sofrimento. Eu procuro lembrar com bom humor. Afinal sobrevivi! E ter estudado teatro me ajudou muito na vida prática. Veja só: lembro de uma vez em que estava absolutamente sem dinheiro – muita gente já passou por isso, principalmente na juventude. Sem um tostão no bolso e, pra tornar a coisa mais dramática, a fome roncando no estômago. Puxa vida, onde arrumar dinheiro? Os amigos eram tão duros quanto eu! Estava nessa crise toda quando, passando na frente de um cinema, tive a ideia salvadora.

Sabe o Cine Windsor, ali no centro velho de São Paulo? Naquele tempo, anos 60, era cinema bom, todo chique. Pois bem, naquele dia estava tendo uma pequena discussão no saguão e eu fui me aproximando pra saber o que era. Me inteirei do assunto e fui ficando, como se fizesse parte do grupo e, aos poucos, fui entrando na discussão também. De repente, chega um funcionário, me puxa do lado e pergunta o que estava acontecendo.

– *Estamos reivindicando a devolução do ingresso.*
– *Por quê?!*
– *Acabou a luz do cinema no meio do filme.*

Ficamos conversando e, nisso, a discussão foi amainando e o grupo se dispersou. Só ficamos ele e eu – pleiteando a devolução de um ingresso! O homem se convenceu:

– Está bem. Vou te dar um ingresso. Você volta e assiste ao filme num outro dia.
– Não! – falei, com a impostação perfeita. *Eu não sei se vou querer assistir a esse filme!*
– Então, fique com um vale. Você assiste ao filme que quiser.
– Negativo. Eu paguei e não assisti. Quero meu dinheiro de volta.
– Está bem. Tome.
– Não! Quem disse que eu paguei meia? Eu quero o valor da entrada inteira!

Gente! E não é que o homem pagou? Vê se pode! Fiquei um bom tempo sem nem passar na frente do cinema de novo, com medo de que alguém me reconhecesse, de que fosse desmascarado em plena Avenida Ipiranga. Era muita cara de pau! Cara de pau, não. Interpretação convincente! E não foi a única vez. Vá vendo!

Eu tinha três ídolos na minha juventude paulistana. Ídolos pelo talento e pelo lado social, político, pela arte que faziam: Gianfrancesco Guarnieri, Elis Regina e Zimbo Trio. Uma vez aconteceu uma coisa incrível comigo com relação a esses dois últimos. Eles estavam fazendo um show na boate Oásis, ali no começo da rua 7 de Abril, no centro. É claro que eu não tinha dinheiro pro ingresso!

Um dia, no Pacaembu, assistindo a um jogo Corinthians São Paulo, saiu a maior briga perto de mim. No meio da briga, cai no meu pé, assim, como por milagre, um distintivo da antiga guarda civil. Não sei se você pegou esse tempo – não era nem a força pública, que hoje em dia virou PM, nem polícia civil. Eles usavam uniforme azul-marinho e ficavam de guarda em portas de cinema, campos de futebol. Eu sei que caiu o distintivo de um desses guardas no meu pé e, na hora, veio a ligação: vou assistir ao show da Elis. Taquei o pé em cima do negócio e, quando acalmou o tumulto, botei o distintivo dentro do bolso e saí de fininho.

Quando chegou a noite, peguei o distintivo, coloquei debaixo da lapela do casaco. Me valeram nessa hora as dezenas de filmes de gângsteres a que havia assistido. Incorporei meu outro ídolo da meninice, Humphrey Bogart, cheguei na porta da boate, virei a lapela mostrando a identificação e entrei. Fiquei encostado no balcão – típico filme *noir* – pedi alguma coisa pra beber e fiquei lá, coração a mil, realizando meu sonho. Pode ser até encucação minha, mas eles ficavam me olhando como se dissessem: *aquele ali é da polícia*. Me deu uma baita vontade de chorar, mas pensei: *polícia não chora!* Ah, a Elis arrebentou naquele show...

No começo, antes de comprarmos o televisor, pra ver os meus ídolos, só ao vivo mesmo. Ou pelo rádio. Sou viciado em rádio. Faço a barba ouvindo rádio. Às vezes chego a acompanhar, pelo rádio, um jogo que está sendo transmitido pela televisão.

Prefiro o rádio porque acho uma coisa encantada. Ele é imbatível. O rádio exercita a sua imaginação porque você não está vendo. Você até canaliza a sua imaginação para acreditar que, de repente, o jogador que você gosta está jogando bem. A gente discute mentalmente com o comentarista, principalmente de futebol, porque eles são muito mais apaixonados. Eu sei disso porque irradiei missa, comício.

Irradiei um comício do André Franco Montoro lá na minha cidade. Ele era um político que eu sempre respeitei. Ele e o Mário Covas. Eu tinha 15 anos quando o Montoro foi fazer campanha pra deputado federal em Santa Cruz. Era um tempo em que não tinha horário político. Em época de campanha o comitê armava um palanque e os candidatos iam lá discursar, quase toda noite. A emissora transmitia para os sítios, fazendas e toda a região. Era o horário político não gratuito, digamos. A rádio cobrava por tudo isso.

– *ZYQ 8, Difusora de Santa Cruz, falando diretamente da Praça da República onde a cidade tem a satisfação de receber o candidato do Partido Democrata Cristão (PDC)* e assim por diante

Nunca me filiei a nenhum partido político assim, de carteirinha. Uma ficha dessas poderia cair na mão da polícia, por exemplo. Tinha uns amigos do Partidão que tinham carteirinha. Eu falava que era o Partidão Português! Não me filiei, mas acho que contribuí um pouco, do meu jeito, naqueles períodos negros.

Por exemplo, cheguei a tirar uns quatro ou cinco passaportes. Dizia que perdia e tirava outro, dessa forma eles podiam ser falsificados e ajudar alguém a sair do País. Comprei gasolina pro pessoal fazer coquetel *molotov*; levei uma criança até sua mãe exilada, do outro lado da fronteira, na altura de Dourados, no Mato Grosso do Sul. Me pediram pra fazer isso, e eu fui – primeiro de trem, no final a cavalo. Fui. Quando o delegado me questionou sobre aquilo, respondi:

– Levei a criança. E, com certeza, levaria seu filho para o senhor, se fosse o caso. O homem me dispensou.

E eu participava de atividades mais leves, do tipo ficar parado em frente a um banco pra informar como é que estava lá dentro. Mas nunca dei um tiro, nunca fiz nada perigoso assim. E tinha todo um esquema, né? Você marcava de se encontrar a tal hora e em tal lugar. Se você passasse e a pessoa não estivesse lá, você deveria voltar dali meia hora, no mesmo lugar. Tudo por questão de segurança. Se você passasse e a pessoa estivesse conversando com alguém, mesma coisa, você passava reto e voltava dali meia hora. Então, eu levava e trazia mensagens, essas coisas. Até que um dia um cara chegou pra mim e falou que eu teria uma missão muito importante.

Numa sexta-feira recebi um recado para me encontrar com alguém em frente à Câmara Municipal, um pouco mais pra cá da banca de jornal que tem ali. Fui. Parecia coisa de filme – *007* é fichinha! Cheguei lá e tinha um cara lendo jornal. Cheguei perto e encostei. Ele disfarçando, lendo, falou:

– Amanhã, dez horas, esteja no Largo da Concórdia.

Acho que iria sair uma passeata, uma intervenção ou coisa parecida. Aí eu falei que não podia! O cara me olhou, assustado:

– *Como não pode!?*

– *Não posso. Amanhã eu vou casar* – ia casar no cartório da Bela Vista às dez e meia do dia seguinte!

– *Casar? É... todo mundo precisa de uma companheira... Mas casar? É vacilar muito. Olha, muitos companheiros já sumiram por causa dessas vacilações assim, hein?*

– *Ué, então, eu vou sumir é agora, porque eu vou casar e acabou!* – e nunca mais apareceu nada desse tipo pra eu fazer.

Minha missão nada secreta do dia 29 de junho de 1970 foi me casar com Cecília Maciel na Igreja da Consolação. Nossos padrinhos foram Osmarina e Afonso, tios da noiva; doutor Alfredo Mesquita, Lélia Abramo, minha cunhada Maria Isabel de Lizandra e Paulo Autran, Norberto e Regina Safioti. Nossa lua de mel no Rio de Janeiro foi curtíssima. Vida de artista: eu estava no elenco de *Macbeth,* com o Paulo Autran, a Cecília estava fazendo a novela *As Bruxas* e estava para estrear a peça *O Macaco da Vizinha*, do Joaquim Manoel de Macedo, dirigida pelo Cláudio Correa e Castro. Demos um passeio e voltamos ao trabalho.

Casamento com Cecília Maciel

Com Seme Lufti e Antonio Ganzarolli em Macbeth

O tempo passou, continuei fazendo teatro, fazendo as coisas que eu fazia, mas, olha, ficou uma certa paranoia. Quando eu assisti ao *Cabaré*, o filme, a Cecília estava grávida do nosso primeiro filho, o Beto. Quando vi aquele filme, pensei: *meu Deus do céu, o que os caras podem fazer com o meu filho que ainda vai nascer!* Era uma coisa tão cruel que eu comecei a chorar. Achava que os caras iam pegar meu filho. Uma paranoia mesmo. Isso foi em 1972. Ficava preocupado com o que o Brasil poderia se tornar se as coisas continuassem daquele jeito.

No meu círculo, uma pessoa marcante que caiu pelas mãos da repressão foi a diretora e educadora Heleny Guariba. A gente foi contemporâneo de escola, só que ela fazia outro curso que não interpretação. A última vez em que nos encontramos foi na estreia do espetáculo *Um Homem é um Homem*, do Brecht, dirigido pelo Emílio di Biasi e que a Cleyde Yáconis fazia. Assisti à peça ao lado da Heleny. Ela tinha acabado de sair da cadeia.

Eu saí com ela, fomos até a porta, ficamos conversando, conversamos com o elenco. Saímos juntos e aí eu fui embora. Subi a Rua Doutor Vilanova e peguei a Maria Antônia. Ela desceu e virou a Rua Major Sertório e nunca mais foi vista. Pode ser que ela tenha sido pega naquela esquina lá.

Outro fato ocorreu quando eu morava na Rua Caio Prado. Morávamos lá eu e mais dois amigos de Santa Cruz: o Bugarib e o João Castanho Dias, o Jota. Acontece que, em Santa Cruz, eu sou conhecido como Bertinho. Mas o irmão do Jota, chamado Alberto Dias Júnior, também era Bertinho, e morou um tempo lá no apartamento. Quando ele desocupou a vaga, eu cheguei.

Bem, nós tínhamos um conhecido chamado Pedro Manivela. Ele estava sempre em casa com o irmão, ambos filhos de fazendeiros lá de Araçatuba. Um dia ele falou para o Jota:

– Vocês todos trabalham durante o dia. Eu moro na Rua da Consolação, lá faz muito barulho, e eu não consigo estudar direito. Será que eu poderia estudar aqui à tarde?

Tudo bem. Ele pediu a chave e nós demos. Tempos depois, saiu uma lista com nomes de ativistas que deveriam ser trocados por alguma figura sequestrada – não tenho bem certeza se foi aquela lista do embaixador suíço, só sei que os nomes do Pedro Manivela e do irmão estavam lá. Ficamos assustados. Quem diria? A gente não fazia ideia das atividades deles! Ele nunca falava de política. Só uma vez quando eu cheguei no apartamento, ele estava lá, e eu tinha assistido ao filme *Um Homem e uma Mulher*, do Claude

Lelouch e tinha adorado. Agora, recentemente, vi de novo e achei horrível. Mas naquela época eu tinha gostado. E ele falou assim:

– *Que é isso? Esse filme é propaganda da Ford! Os dois ficam viajando pra cima e pra baixo com aquele carrão!*
– *Pode ser. Mas eu tô falando do filme. É bom, eu gostei.*
– *Mas é propaganda desses imperialistas filhos da puta!*

E a gente teve uma discussão lá. Mas foi só isso. E não é que o Pedro Manivela tinha feito do nosso apartamento um aparelho? Ele não ia estudar, não. Eles iam lá à tarde para combinar as atividades! Sabe como nós ficamos sabendo? Caiu nas mãos de um sujeito, que era do serviço reservado da polícia militar, uma relação com alguns nomes: Bugarib, Jota e Bertinho. A sorte é que esse cara, pelo sobrenome *Bugarib*, ligou para o irmão dele que morava em Santa Cruz e falou assim:

– *Escuta, você conhece o Bugarib?*
– *Claro.*
– *Ele mexe com esse negócio de política?*
– *Não.*
– *Certeza?*
– *Certeza.*

E engavetou. E o Bertinho que estava lá na lista ficou como sendo o outro Bertinho, o irmão do Jota, não eu. Porque se pegassem o Bertinho aqui, que já estava no Teatro de Arena fazendo *Feira Paulista de Opinião*, sei lá, pelo menos seria uma pistazinha pra me pegarem, né?

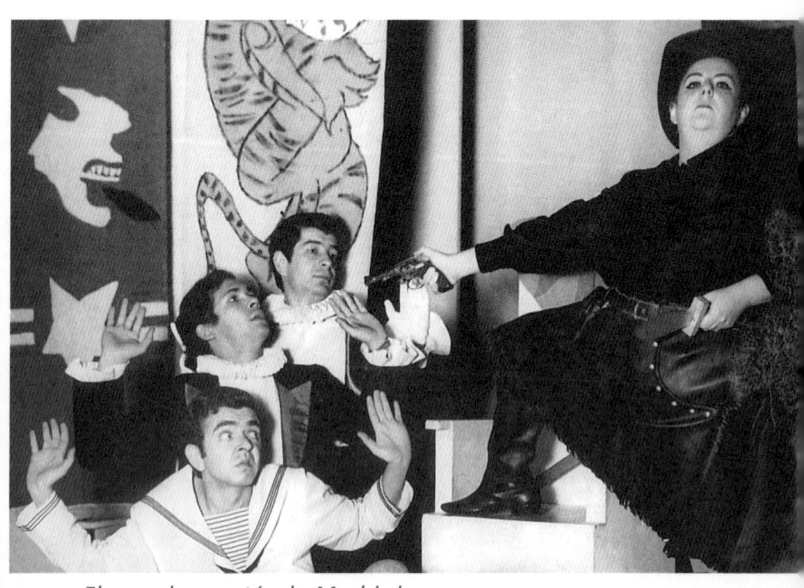

Elenco do espetáculo Macbird

Capítulo VI

Mocinhos, Bandidos e Banqueiros

Uma outra forma de fazer política da melhor qualidade é por meio do teatro.

Logo depois da *Feira Paulista*, fiz *Macbird* – um texto da Bárbara Garson, uma brincadeira com *Macbeth*, não uma adaptação. Na peça de Shakespeare, o rei é atraído para o palácio do Macbeth e é assassinado, resultando num golpe de estado. Para a autora, Kennedy foi morto no Texas, terra do Lyndon Johnson, e este assume o governo. Então, ela fez toda uma analogia e escreveu *Macbird* até porque a mulher do Lyndon Johnson, presidente dos Estados Unidos, era conhecida como Lady Bird – queria encher as estradas dos Estados Unidos de flores.

Tem uma cena de conspiração dos senadores americanos, igualzinha à cena de conspiração do *Ricardo III*. Tem um monólogo de um lorde, chamado Lorde MacNamara, que em vez de *ser ou não ser*, era *ter ou não ter* – isso quem fazia muito bem era o Chico Martins. Eu fazia o próprio Ted Kennedy, só que com outro nome, né? Ficava num canto, fazendo um monte de brincadeiras, de vez em quando dava uma de valente.

Macbird era peça super-refinada, que não fez o sucesso que merecia. Quem entendia de política interna americana e da obra de Shakespeare, adorou. Quem entendia uma das duas coisas também gostou muito. Quem não entendia... Um dos objetivos da peça era refletir sobre as consequências da política interna norte-americana sobre os países subdesenvolvidos. Isso não passou. Agora, tinha a música do Júlio Medaglia, o cenário do Nelson Lerner, uma produção superbem-cuidada, muito legal mesmo, mas que não emplacou. E logo depois veio o AI-5, aí os projetos da *Feira Brasileira de Opinião*, da *Feira Latino-Americana de Opinião* foram por água abaixo.

Era um tempo duro pra quem queria fazer teatro. Não só pelas questões diretamente ligadas à política. Um tempo em que a educação começou a ser sucateada, qualquer atividade cultural e qualquer proposta de reflexão eram sabotadas. Interessava a cultura de massa, ou melhor, a massificação. Sendo assim, as dificuldades para se levantar uma produção teatral de qualidade eram imensas. Hoje ainda o são, é inegável, mas, digamos, há algumas saídas que antes não havia.

Em 1972 existiam várias entidades representativas na área do teatro. A Sociedade Brasileira de Autores Teatrais (SBAT), a Associação Paulista de Críticos Teatrais (APCT), o Sindicato dos Artistas e Técnicos de Espetáculos e Diversões (Sated), eram alguns exemplos. Sentíamos a necessidade de um outro tipo de agrupamento que fizesse frente às dificuldades de produção. Não seria uma associação de empresários teatrais. Nenhum de nós era empresário! Éramos atores e diretores que, fosse com as próprias economias, fosse correndo atrás de patrocinadores, levantávamos a produção, assumíamos os riscos e subíamos ao palco. Quer dizer, acumulávamos tantas funções que podíamos, eventualmente, comprometer até a qualidade do espetáculo, já que não podíamos nos entregar tão somente à sua elaboração.

Para tentar fazer frente a essas dificuldades, agrupando representantes de diversas áreas da produção teatral na intenção de trocar experiências, prestar auxílio legal e estrutural, estimular novos trabalhos – inclusive com a instituição de um prêmio – foi criada a Associação dos Produtores Teatrais do Estado de São Paulo (Apetesp). A primeira diretoria foi presidida pela atriz Eva Wilma, tendo Antunes Filho como vice. O jornalista, crítico e diretor teatral Paulo Lara assumiu a secretaria da entidade e eu, a tesouraria. Fizeram parte também, em diversas funções, o diretor Osmar Rodrigues Cruz, os atores John Herbert, Perry Salles, Altair Lima, Cleyde Yáconis, Miriam Mehler, Paulo Autran, o diretor Flávio Rangel.

Participei da Apetesp por muito tempo, de 1972 a 1988. Em alguns períodos fiquei praticamente sozinho. A entidade acabou perdendo força ao longo do tempo, enfrentando crises financeiras. Aliás, é o mesmo problema enfrentado por tantas entidades. A SBAT também, vira e mexe, entra em crise. A APCT virou APCA e existe até hoje. Foi criada a Associação Paulista de Autores Teatrais (Apart), que teve uma série de idas e vindas. Não sei o que acontece. Acho que se não existem duas ou três pessoas que assumem o trabalho, quase franciscanamente, é preciso esperar por alguma coisa que una os artistas em torno de alguma ação, de alguma reivindicação mais pontual, sei lá.

E, engraçado, eu nem era produtor quando integrei a diretoria da Apetesp! Estava administrando o espetáculo da Cleyde Yáconis. Foi assim: em 1971 eu estava fazendo *Palhaços,* do Timochenko Whebi. Estávamos eu e o Emílio di Biasi. Nossa, foi uma delícia fazer! Foi uma parceria que deu muito certo: os dois éramos atores e produtores ao mesmo tempo. Era a primeira produção que eu fazia e não estava vendo nenhuma dificuldade, nenhum drama, como o pessoal costuma ver. Tá certo que era uma produção mais ou menos doméstica – talvez por isso não tenha sido tão complicada.

Com Emílio di Biasi em Palhaços

Pois bem, quando a Cleyde Yáconis resolveu montar aquela maravilha que foi *A Capital Federal*, do Arthur Azevedo, chamou a gente pra produzir e administrar. Agora, veja você: 29 atores em cena, seis técnicos, mais funcionários, figurinos de época, cenários. Aquilo era uma pequena empresa! Eu mesmo cheguei a entrar em cena de vez em quando pra cobrir falhas porque a peça levou um ano em cartaz no Sesc Anchieta e ainda viajou. Também foi uma experiência que deu certo, o Emílio até se afastou um pouco e eu é que fiquei administrando.

Só sei que deu tão certo que comecei a ser muito convidado para fazer administração e produção! Mas pensava: *puxa, não fiz administração de empresas, eu sou um ator!* Fui fazendo fama como produtor e quem disse que aparecia outra coisa pra eu fazer? Era só correria daqui, correria dali. Aí, um dia, eu abro o jornal e dou de cara com um anúncio: *teste para o espetáculo Frank V*. Não quis nem saber, fui lá.

Foi o primeiro e único teste que fiz até hoje. Eu pensava: *sou ator, qual o problema de fazer um teste?* O candidato tinha de cantar e tudo. Eu só cantava no banheiro, em serenata! Mas achei que devia ir, que não podia continuar apenas como produtor, porque embora seja um trabalho gostoso de fazer, eu não podia ficar fazendo só aquilo. Encarei o desafio. Fiz o teste e passei.

O diretor era o Fernando Peixoto, que fez um belíssimo trabalho. Foi quando conheci o Carlos Queiroz Telles, dramaturgo, quando me tornei amigo do Gianni Ratto, cenógrafo. O Renato Borghi tinha acabado de sair do Grupo Oficina, seu filho, Ariel, tinha 9 meses de idade, e o meu filho, Beto, estava para nascer em fevereiro.

O espetáculo teve grande aceitação e, quando baixou o valor do ingresso, a peça lotava. Uma iniciativa da Secretaria de Cultura da época garantia as duas últimas semanas do espetáculo a preços populares. O teatro lotava de voltar gente pra casa.

Era o recomeço das atividades do Teatro São Pedro com todo o empenho do Fernando Torres, da Beatriz e do Maurício Segall – que chegou a ser preso pela ditadura durante os ensaios e liberado ainda na temporada. Foi uma barra muito pesada, mas não podíamos interromper o trabalho, afinal, era contra toda aquela situação que estávamos lutando! O texto era do Friedrich Dürrenmatt e olha, sem cometer nenhuma heresia, acho ele tão bom quanto o Brecht! Serviu como uma luva praquele período. E aconteceu até um fato muito curioso que acho que vale a pena contar.

Estávamos em temporada com o *Frank V* na parte de baixo do teatro e, em cima, o Núcleo 2, do Arena, estava levando *A Queda da Bastilha!!!*, com a Denise Del Vecchio, o Celso Frateschi, o Reinaldo Maia, a Dulce Muniz, o Edson Santana. Certa noite, o nosso espetáculo estava apenas com 40 ou 50 pessoas na plateia, grande parte delas com convite. De repente, no meio da sessão, chegam dois ladrões para assaltar a bilheteria. E o mais engraçado: a peça fala de assalto a banco! A moça se defendeu:

– *O dinheiro está no cofre.*
– *Onde está a chave?* – eles disseram, bravos.
– *Está com a dona do teatro.*
– *E onde ela está?*
– *No palco.*

A dona do teatro era a protagonista da peça: Beatriz Segall, que fazia o papel da dona do banco. Ela estava em cena e os homens decidiram ir até ela! Entraram com a bilheteira, foram até a coxia. Quem olhasse pra eles recebia ordem de baixar a cabeça. Quando ela saiu de cena, os caras mandaram que ela desse o dinheiro.

– *Não posso, meus senhores! Não estão vendo que eu estou em cena?*

– Não interessa! Vamos abrir aquele cofre!
– Olha, eu posso até ir com os senhores, mas se eu não retornar daqui a um minuto, o espetáculo para e eles vão querer saber o porquê.

Eles disseram que iam esperar! Incrível, mas não lembro do desfecho dessa história, você acredita? Não sei se levaram o dinheiro, se desistiram! O que marcou foi a invasão e os dias seguintes porque, depois de uns três dias, aconteceu outra coisa estranha. Eu cheguei no teatro aproximadamente 7 horas e vi uns caras meio suspeitos perto da entrada. Eles eram muito parecidos com os dois ladrões no modo de se vestir. Pensei que estavam de volta, pois tinham ficado sabendo que, de sábado e domingo, havia mais dinheiro na bilheteria, porque o teatro lotava. Dei um jeito e pedi pra que alguém ligasse pra polícia.

Os policiais chegaram e, pra minha surpresa, ficaram de bate-papo com os dois estranhos. No fim das contas, sabe quem eram os dois? Agentes da Polícia Federal que estavam ali pra observar o Celso Frateschi e a Denise del Vecchio. Naquela noite ou na próxima, os atores foram presos.

Em 1975 deu-se um fato na minha carreira que viria a marcá-la profundamente: fui convidado para fazer a produção do espetáculo *Réveillon*, do dramaturgo Flávio Márcio, estrelado pela Regina Duarte. Na verdade não fui bem convidado, fui chamado em caráter de emergência, três semanas antes da estreia, pois o produtor oficial havia abandonado o projeto. O diretor era o meu querido Paulo José e o cenógrafo ninguém menos que o Flávio Império. Foi um tal de correr atrás de material cênico, de organizar a infraestrutura toda. Uma experiência muito rica, que me fez conhecer gente da melhor qualidade.

Digo que marcou minha carreira, pois foi o início de uma grande amizade com Regina Duarte. Dali em diante sempre estivemos perto um do outro. Produzi alguns espetáculos seus, atuei em outros, dei palpites. Minha filha Graciana, nascida nessa época, quase se chamou Janete, por causa da protagonista da peça. Prezo muito a Regina. Pelo seu talento, pelo seu caráter, seus valores, pela formação que teve da família interiorana como a minha. Os passos seguintes a *Réveillon* foram também em sua companhia.

A coisa ia ficando cada vez mais preta, a censura foi recrudescendo. O Vladimir Herzog desapareceu. Precisávamos continuar fazendo a nossa parte. Foi quando, em 1976, recebi o convite pra participar de uma peça escrita pelo João Ribeiro Chaves Neto, irmão da Clarice Herzog, e que contava mais ou menos a história do Vlado. O Sérgio

Mamberti iria dirigir e, no elenco, estariam a Regina Duarte, o Dionísio Azevedo, a Madalena Nicol e muita gente boa. Mas não foi fácil estrear *Concerto nº 1 para Piano e Orquestra*.

Na época tinha um censor em São Paulo chamado Coelho Neto, um dos mais liberais. Um cara que conhecia e entendia de teatro. Ele foi lá assistir ao ensaio e liberou. Até aí, tudo bem. Mas nós não tínhamos a certeza de que iria estrear. A peça era muito metafórica. O Orlando Miranda, do Serviço Nacional de Teatro, falou com o Ney Braga, ministro da Educação e Cultura e ele nos convidou pra apresentar em Brasília! Sem ter visto a peça! De repente bateu aquele medo: *vamos pra boca do lobo*.

Eu me lembro de ter ido até a censura de Brasília. Em cada lugar em que você ia, tinha de levar o texto para receber a autorização. E eu lembro que o cara pegou o texto, folheou, virou para o outro e comentou: *como é que esse texto passou?* Olha, só sei que eram umas duas da tarde, nós estávamos montando o cenário, o Ney Braga foi para lá e ficou até a hora que abriu o pano com a gente, garantindo que iríamos apresentar. Saiu correndo para o aeroporto, em seguida, porque tinha de fazer uma viagem. A gente apresentou e foi um tremendo sucesso. Fizemos duas sessões extras.

Gosto de falar sobre essa fase e essas dificuldades todas não para mostrar o quanto nós sofremos, o quanto fomos perseguidos! Ao contrário! Acho importante falar, mas é pra dizer que é possível fazer as coisas, mesmo diante de adversidades! Dizer que é importante tocar o barco!

Depois da abertura, teve uma época em que, nos papos de bar, parecia ter concurso pra ver quantas vezes a pessoa fora presa. Alguém falava: *Eu fui preso três vezes!* Outro rebatia: *pois eu fui quatro!* Eu nunca falei – até porque nunca fui. Fui detido pra contar a história da criança e dos passaportes, só isso. Um dia, num desses *concursos* eu não aguentei: *preso tantas vezes? Quem mandou marcar touca?* É muito simplório, mas é verdade! Sempre me encheu um pouco o saco esse tipo de conversa, sabe? Tem gente que fica lembrando disso até hoje tal qual fosse um troféu. Foi terrível, com certeza, mas, a partir daí, a gente tem de raciocinar e seguir em frente! Continuar nas coisas em que a gente acredita. Ou tudo parou com o golpe?!

Outra coisa que me deixa profundamente irritado é quando alguém diz que o jovem de hoje é alienado, que não sabe nada sobre a ditadura, e isso e aquilo. Com certeza o pessoal que nasceu depois da abertura não vivenciou nada daquilo e não estão nem aí, num certo sentido. Claro, tem jovens que se ligam, num sentido mais histórico de entendimento do que aconteceu, de valorização da democracia. Mas tornar isso como prioritário num papo coletivo me enche muito o saco. A moçada quer saber da sua própria época, assim como nós queríamos saber da nossa, na juventude! Eles estão preocupados com o futuro imediato deles. Deles e do País, pra quem se preocupa mais. Mais pra frente eu quero voltar nesse assunto. Tem muito grupo de teatro por aí hoje fazendo um trabalho superengajado e sem, necessariamente, levantar bandeira deste ou daquele partido.

Estava falando do *Concerto nº 1 para Piano e Orquestra*, né? Pois foi por causa desse espetáculo que recebi meu primeiro convite pra fazer cinema. O Dionísio Azevedo me chamou e também a Regina Duarte pra atuar em *Chão bruto*, que ele iria dirigir. O filme é baseado no livro do Ernani Donato, que é tio do dramaturgo Alcides Nogueira. A ação acontece na região da Alta Sorocabana. Como a Estrada de Ferro Sorocabana chegava só até Botucatu, quando chegou a notícia. Como eu falei lá atrás, quando chegou a notícia de que iriam continuar até Presidente Prudente, o pessoal começou a tomar terra de índio lá, começou a matar índios, falsificar escrituras no cartório. Tanto que todo o conflito em

Pontal do Paranapanema teve origem lá, até hoje grandes áreas daquelas terras não estão regularizadas – tanto que foi lá que o MST começou a agir, mais tarde. Eram as tais terras devolutas.

Então, o filme fala dessa época, dessa história. O meu personagem era um professor que defendia os índios. Nesse filme eu aprendi uma coisa que guardo até hoje: não dar entrevista sobre o personagem enquanto não se tem o filme pronto. Porque eu falei tanto sobre o personagem e metade dele não apareceu no filme: o laboratório pegou fogo quando estavam terminando o trabalho. Tiraram muitas cenas do meu personagem, então, ficou um professor sem nexo, porque algumas cenas minhas foram queimadas. E eram cenas que davam o caráter político do personagem. Lembro de uma em que um índio vem pedir esmolas na frente da igreja e o meu personagem fala:

– *Se essas terras têm dono, os donos são vocês!*

Dei um monte de entrevistas, falei sobre o lado revolucionário do filme e aí você vai ver, não sobrou quase nada disso! Você conhece aquela máxima que diz que *cinema é do diretor, teatro é do ator e televisão é do patrocinador?* É mais ou menos isso. E aquela outra? *Cinema é igual a urna eleitoral e cabeça de juiz: você nunca sabe o que vai sair de lá.* Cinema é meio isso. Agora

Com Geórgia Gomide, no filme Chão Bruto

eu só falo a respeito depois de pronto.

Naquele meio-tempo, em 1977, fui convidado para dar aulas. Lembra quando falei que comecei a fazer o Curso Normal em Santa Cruz? Falei que aquilo não me interessava muito, eu não estudava, digamos. Ia muito bem em certas matérias, que tinham professores excelentes, de quem eu gostava. Um deles chegou a montar uma pecinha de teatro e me convidou. Pois foi justamente esse professor, Teófilo de Queiroz Júnior, quem me chamou, aqui em São Paulo, para dar aulas de Teatro-educação na faculdade da qual ele era vice-diretor. Eu já era formado na EAD e aquele tipo de curso era uma coisa meio nova no Brasil – os professores lecionavam por *notório saber* porque ainda não havia pós-graduação nessa área. Lecionei durante 18 anos e, ainda hoje, exerço o meu lado professor nas oficinas que ministro com meu filho.

Bem, em 1979, foi a vez de *Mocinhos Bandidos*, espetáculo escrito e dirigido pelo grande Fauzi Arap. Isso era em 1979, logo depois da abertura. Um dos meus personagens era um torturador. O Fauzi escreveu várias cenas para ele, mas o personagem só ficou pronto depois da estreia, é que existia uma certa recusa da minha parte, sabe? Porque era um torturador em seu cotidiano: como é que é esse cara em casa? Por exemplo, ele combina com a mulher de ir ao cinema, mas, um pouquinho antes de sair, ligam do trabalho dizendo que ele tem uma *hora extra* pra fazer. Entende? Depois, o cara não consegue transar com a mulher porque ele fica com aquelas imagens macabras na cabeça. Isso tudo foi uma pesquisa do Fauzi, que também colheu depoimentos.

Foi difícil pacas compor o personagem! Chegou uma hora que a gente foi à igreja de São Judas encomendar missa pra alma de todo mundo que morreu de maneira violenta. Para dar uma aliviada naquele clima...

Em 1981 foi a vez do espetáculo *Sérgio Cardoso em Prosa e Verso*. Tratava-se de um texto solo, preparado pelo Sérgio, com trechos de peças que ele havia interpretado em sua carreira e outros tantos que ele sonhava interpretar. Como, infelizmente, ele morreu antes de poder realizar o trabalho, o roteiro foi pra gaveta. Quando da inauguração do teatro paulista que leva o seu nome, Nydia Licia, sua ex-mulher, recuperou o texto e chamou alguns atores para uma homenagem. Foi uma única e emocionante apresentação, e, com ela, consegui pagar o parto da Cecília que, naquele ano, deu à luz nossa filha Ana Júlia.

Cada trabalho meu, em teatro, televisão ou ci-

Em Mocinhos Bandidos

Com Bruna Lombardi em Mocinhos Bandidos

Todo o elenco de Mocinhos Bandidos

Com Carlos Alberto Ricelli em Mocinhos Bandidos

Com Walderez de Barros em Mocinhos Bandidos

Em Mocinhos Bandidos

Com Walderez de Barros em Mocinhos Bandidos

nema eu aproveitei muito, mesmo aqueles que não deram muito certo. Todos os diretores foram importantes pra mim, para minha formação. Mas tem aqueles que, de repente, é como se fosse uma primeira vez. Aqueles que, de repente, clareiam a cabeça e a vida da gente.

No caso, tive a sorte de trabalhar em cinema com o Ruy Guerra, em televisão com o Avancini e em teatro com o Fauzi Arap. Eles são papas dessas áreas e tiveram uma generosidade imensa comigo. Tinham muita paciência – embora os três tenham fama de ser bravos e intolerantes. Me guiavam, me explicavam: *Faz assim, faz assado. Por causa disso, disso e disso.* E essa generosidade me liberou pra criar e até pra confrontar, ainda que interiormente. Tanto que, às vezes, um resultado melhor aparecia até em outro trabalho, sem o diretor. Acho que se estabelecia alguma relação de pai e filho, professor e aluno, que criava um antagonismozinho qualquer. Eu chegava a ficar sem dormir, suava de nervoso – como se tivesse um antagonista na minha frente!

Sabe quando você é ainda um garoto e o pai vai e chama a atenção? Ou então aquele professor? Comigo era uma coisa de ouvir, abaixar a cabeça e sofrer que era uma coisa. Mas aprendi muito com eles. Pra mim, o bom resultado da peça *Lua de cetim*, do Alcides Nogueira, que fiz logo depois de *Mocinhos bandidos*, se deveu muito ao trabalho com o Fauzi. A direção do Márcio Aurélio foi excelente e a peça foi muito gostosa de fazer. Mas eu acho que eu levei pra lá, que eu botei pra fora, como intérprete, aquilo que eu não tinha colocado com o Fauzi.

É como se várias fichas tivessem caído, o que me dava liberdade de arriscar sem que o *professor* me chamasse a atenção, porque ele não estava lá, agora era outro. Quer dizer, estabeleceu-se um diálogo com o Márcio que foi legal, produtivo e que resultou muito bem, mas eu cheguei desinibido, digamos assim. Às vezes você entende tudo no ensaio, tudo é conversado e tal, mas na hora não sai. Só vai sair depois, em outro trabalho. Foi justamente o que aconteceu comigo.

Portanto, eu falo, sem qualquer sombra de dúvida: Fauzi Arap é uma das pessoas mais importantes do teatro brasileiro. Sob todos os pontos de vista: tem integridade, transparência, amor pelo ser humano, compreensão de todas as funções do fazer teatral. É ator, autor, diretor, faz também literatura. E não liga pra marketing pessoal, foge de entrevistas. O negócio dele é trabalhar e fazer as coisas bem-feitas. Está muito à frente de todos nós e me deu a honra de compartilhar alguns projetos com ele.

Com Ulisses Bezerra e Denise Del Vecchio em Lua de Cetim

MULHERES DE AREIA diariamente 7:45 da noite
TV Tupi - Canal 4

UMBERTO MAGNANI - vive o papel de Zé Luis

Como Zé Luís, em Mulheres de Areia

Capítulo VII

O Guima e o Guimarães

Eu tinha saído da EAD, tinha feito alguns trabalhos em teatro e algumas pontas em televisão: *As Pupilas do Senhor Reitor* e *A Legião dos Esquecidos*. Coisas que eu nem comentava muito porque, na verdade, nós, atores de teatro, tínhamos um certo preconceito em relação à TV. A gente achava que era uma arte *menor*, olha que bobagem. Então, evitava fazer. Mas teve uma hora em que eu não pude mais escapar.

Estávamos num período bravo, desempregados, sem um tostão no bolso. Beto, nosso filho, havia nascido e, quando cheguei da maternidade, mais ou menos na hora do almoço, aconteceu o milagre: tinha um bilhetinho para eu ligar para a TV Tupi. Era um convite para fazer *Mulheres de Areia*. Que alívio! Eu podia dar um pré-datado, pelo menos!

Como eu era inexperiente! E aquilo, pra mim, foi catastrófico. A novela começou a fazer sucesso e cadê que os diretores tinham tempo de cuidar de mim? Me ensinar como fazer? Então eu acho que fazia tudo muito malfeito... Lembro, por exemplo, que nas cenas coletivas, não sabia que a câmera não estava me pegando. Então, fazia como no teatro: continuava interpretando! A câmera estava focalizando outra pessoa e eu lá, continuando em ação mesmo fora da cena. Tenho certeza absoluta de que não fiz direito. E aquilo me assustou de tal forma que fiquei dez anos ou mais sem passar na frente da emissora!

Só depois, com os trabalhos em teatro, com as premiações, fui ficando mais seguro e comecei a aceitar convites. Fui fazendo minisséries, programas especiais e, depois, mais novelas. Mas o começo foi duro! É tudo muito rápido. De repente, entre uma cena e outra, você tem de ir correndo ao camarim, trocar de roupa e voltar. E a gente demora um pouco pra se acostumar com esse ritmo, principalmente se você vem do teatro. E o tal do preconceito, sempre martelando. Nem tanto pela TV em si, mas porque achávamos que ela servia a um período de ditadura. Inocência da gente. Claro, a emissora era uma concessão do governo, qualquer coisa contra o regime e ela poderia ser fechada.

Tinha pessoas legais lá, ligadas ao sindicato e tudo. Então acho que o preconceito tinha também a ver com a insegurança, com o medo de não saber fazer direito. O pessoal já habituado com o veículo, ligava a chave e fazia. E alguns faziam, e fazem, muito bem. Tínhamos medo porque não conhecíamos direito, aquela ainda não era nossa praia. Nossa praia era o teatro. No teatro nós somos agentes de nós mesmos, ele depende de nós pra existir. Nele somos donos do nosso trabalho. Na televisão isso é mais difícil. Você só consegue com mais tempo de carreira, conforme as pessoas vão te conhecendo, confiando em você e te dando mais liberdade dentro daqueles limites possíveis. Enfim, tínhamos uma segurança tão grande fazendo teatro e, de repente, entramos num esquema desconhecido e que não dependia só de nós, digamos assim.

E na TV o trabalho tem de ser mais rápido. Você fica um tempão esperando pra gravar, né? Outro dia perguntaram pro Elias Gleiser quantos anos ele tinha de carreira. Sabe o que ele respondeu?

– *Tenho 3 anos de carreira e 37 de espera.*

É verdade. Você espera muito e, na hora, é tudo bem depressa, não dá tempo de elaborar muito o personagem. Isso exige uma outra técnica que depois eu quero comentar. No teatro, não. A gente entra em contato com o papel, vai conhecendo o personagem, vai vendo o que ele tem de parecido com a gente, essas coisas. Uma coisa o Augusto Boal sempre dizia e que eu nunca esqueci:

– *Procura sempre jogar no seu campo!*

No nosso campo a gente é mais forte, não é? Em outras palavras, ele tá dizendo pra gente trazer o personagem pra perto da gente. O personagem não precisa *ser* a gente, mas trazer referências que são da gente. O Boal dizia pra observarmos as pessoas na rua, encontrar nas nossas relações alguém mais ou menos igual ao personagem. Isso porque, num primeiro momento, qualquer motivação serve. Depois a gente vai juntando outras coisas, outras ideias e referências e vai construindo a totalidade do papel.

Às vezes todo um personagem nasce a partir de um gesto. É verdade. A partir de um gesto pode vir uma cena inteira. Porque, se você pensar bem, todo gesto tem uma antecedência e uma consequência. Dá pra imaginar uma pessoa a partir de um gesto ou de uma postura que ela tem corporalmente. Imaginar uma parte da vida anterior e imaginar o que vai acontecer com ela. Sabe um exemplo bem concreto disso? O teatro--jornal. Você pega uma notícia e reflete sobre ela. Primeiro, você vai ter uma mesma notícia publicada de maneiras diferentes em diferentes jornais, isso já dá pano pra manga. Você tem enfoques diferentes, entrelinhas diferentes.

Bem, pega-se uma notícia qualquer: *jovem sobe com o carro na calçada e atropela dez pessoas*. Você começa a imaginar a vida desse cara, as variações da vida, se ele estava bêbado, se não de estava; se acabou de pegar a mulher com outro; se está doente, ou se queria matar mesmo. Você percebe como esse tipo de indagação amplia o foco? E depois vêm as consequências: o cara vai ser preso ou não? Vai ser condenado? Que tipo de condenação? Conforme os antecedentes isso também pode mudar. Enfim, isso vai da sua imaginação. E estamos falando aqui de grandes gestos, de atitudes, como a do atropelamento. Mas os pequenos gestos também ajudam. Eu vou dar um exemplo que aconteceu comigo: o personagem Guima, da peça *Lua de Cetim*.

O personagem era dono de uma pequena loja de tecidos e a construção do meu trabalho se deu a partir do gesto de dobrar o pano. E sabe de onde nasceu isso? Do meu pai, que era alfaiate, lembra? Um dia me voltou à mente aquela imagem idílica do velho Fermino em seu ritual diário de dobrar o tecido, da maneira correta de se fazer aquilo... Eu retomei e trouxe para o personagem.

Tinha uma cena em que a minha mulher, que era interpretada pela Denise Del Vecchio, estava meio chateada. Num dos ensaios pensei que o Guima poderia ajudá-la e, então, tirei a toalha da mesa depois do jantar, daquela maneira que meu pai dobrava tecidos na alfaiataria. Uma coisa meio ritualística, meticulosa. Nas primeiras vezes que fiz levou uns dez minutos... A partir daí o personagem veio, ficou tudo mais fácil.

Essa tirada de mesa, com o tempo, eu eliminei. O público às vezes ria da cena e isso não era bom. Era uma cena dramática. A esposa estava lá, num canto, toda deprimida, pois o filho tinha ido embora e tal. Eu tirava a mesa de costas para o público e, de um certo modo, isso provocava risadas. Só que, logo em seguida, vinha o monólogo da mãe, todo sentido, *à la Mãe Coragem*. Então, se o público risse, é como se eu não estivesse passando a bola pra ela de forma legal. Resolvi sacrificar o gesto. Mas eu sinto que a intenção em si permaneceu, mesmo que o gesto tenha sido tirado.

Guima foi, sem dúvida, um de meus papéis mais marcantes em teatro. E *Lua de Cetim,* uma das melhores obras da dramaturgia nacional. Jefferson Del Rios chegou a compará-la ao filme *1900,* em que o Bernardo Bertolucci, nos anos 70, faz um panorama histórico da Itália desde o início do século 20. Como a ação da peça cobre o trecho de 1961 a 1981, ele escreveu que ela era um *1900* interiorano. Jefferson foi generoso comigo ao escrever que eu e meu papel nos encontrávamos, nos identificávamos e nos abraçávamos comovedoramente, arrastando junto o coração do público. Mas era isso mesmo que eu sentia: um profundo afeto pelo Guima, aquele homem sonhador. E se eu acreditava nesse sentimento, o público também iria acreditar. É assim que funciona.

No primeiro ato ele tinha 30 anos e uma lojinha de tecidos, mas queria ter uma rede, igual às Casas Pernambucanas, que era uma grande referência na época. E ele foi enlouquecendo no sonho, na mediocridade que era a sua vida. E foi bebendo, cada dia mais. Só que ele não queria demonstrar, nem em casa e nem para os fregueses, que ele estava frágil pela bebida. E aí entra de novo a história do gesto e do jogar no nosso campo.

Acontece que eu conheci um cara igual ao Guima. O homem foi meu professor. Chegava para dar aulas às 7 da manhã e já tinha bebido todas! Foi um ótimo professor, sabe? Daquelas matérias que você não precisa estudar em casa de tão competente que era a aula. Mas ele bebia tanto que seu braço foi afinando, foi ficando vermelho. E por isso ele andava de uma forma diferente, balançava os braços de uma forma diferente. Então eu incorporei também aquele gesto, aquela maneira de andar. A tal ponto que chegaram a dizer que meu braço ficava mais fino em cena! Me perguntavam como eu conseguia afinar o braço!

O espetáculo teve uma grande repercussão, ganhamos muitos prêmios e eu me senti, pra valer, um ator. Foi com aquele papel que ganhei o prêmio Molière de 1981 e isso foi motivo de orgulho pra mim! Aliás, esse capítulo do prêmio Molière é um caso à parte. Muita gente da classe teatral deve ter história pra contar sobre isso.

A empresa aérea Air France, durante muitos anos, promoveu a entrega de um prêmio para os que se destacassem no teatro e no cinema, em São Paulo e no Rio de Janeiro. Era sempre muito concorrido, uma coisa muito ciosa que acabava dando meio que uma chancela pro trabalho da gente, sabe? Os vencedores ganhavam o troféu e uma passagem aérea para a França. Até aí tudo bem. Acontece que a passagem, além de ser pra uma pessoa só, não dava direito a estada em lugar algum. Ou seja, o sujeito precisava ter dinheiro pra hospedagem, passeios, alimentação, etc., etc., etc., lá na França. E quem, em teatro, tinha todo esse dinheiro? Poucas pessoas. Então, muitos dos ganhadores, nem chegavam a aproveitar o prêmio que, além de tudo, era intransferível.

O Plínio Marcos ganhou umas duas ou três vezes. Nunca viajou, coitado. O Luis Alberto de Abreu, idem. O Rolando Boldrin, a gente brinca, foi, desceu do avião em Paris, tomou um café no aeroporto, fez a barba, engraxou os sapatos – coisas que a gente faz em rodoviária. Depois tomou um táxi pra ver a Torre Eiffel e embarcou de volta pro Brasil. E eu, que além da falta de grana estava produzindo outro trabalho, também acabei ficando por aqui mesmo. Mas o troféu está em casa, num lugarzinho especial.

Regina Duarte entrega a Umberto Magnani o prêmio Moliere 1982, por Lua de Cetim

Eu falei que, aos poucos, fui ficando mais seguro como ator. Isso foi me levando de volta pra TV, dessa vez sem muitos traumas. Até porque o preconceito foi diminuindo cada vez mais e a gente aprendeu a reconhecer a qualidade que o veículo foi desenvolvendo. Se você pensar bem, vai ver que a novela hoje, no Brasil, vem se comparando com a própria novela. Veja bem, algum tempo atrás, falava-se: *nossa, eu assisti uma cena de novela que parecia cinema!* De um tempo pra cá, não é preciso mais pegar o cinema como referência.

E houve também uma evolução em termos de interpretação. Da novela *Beto Rockfeller* pra cá, a interpretação é aquela criada no Teatro de Arena: um jeito brasileiro de interpretar, sem impostação. Claro que às vezes alguém aparece com algum *naturalismozinho* bobo, achando que isso é interpretar pra TV. Mas o tratamento mais descontraído e *natural* nasceu no Arena, talvez pela proximidade do ator com a plateia. Então, a novela foi sendo feita com cada vez mais competência. Sempre falando de um modo geral, né?

Ela é tão competente, que forçou a gente de teatro a investir mais no conteúdo do que na grandiosidade. Investir no simples _ porque o grande cenário, o *show*, a televisão faz melhor.

E tem a vantagem de a pessoa não precisar sair de casa, tomar chuva, expor-se ao perigo, essa coisa toda.

A nossa televisão passou por tantos processos de criação, de formação de pessoas. Hoje já tem toda uma geração supertalentosa, formada na própria televisão. Formada na prática, já vieram com cursos de cinema, de vídeo. São pessoas que acompanham essa área do audiovisual desde pequenos.

Foi uma evolução natural, puxa vida! Nos primórdios da TV era o pessoal de rádio que metia as caras! E não tinha como ser diferente. Depois teve uma fase, vamos dizer assim, experimental, que era um pessoal de cinema, que dirigia filmes, que se arriscava na televisão. Mas não tinham a experiência da pressa, do ritmo necessário ao veículo. Então eles ficavam naquela coisa meio maniqueísta: é uma coisa ou outra. Os que encontraram o equilíbrio nisso tudo foram em frente, deram certo.

Mas o arranque mesmo foi conseguido de uns tempos pra cá graças a um pessoal que se formou lá dentro e almejava, desde criança, a fazer esse trabalho. É como uma vocação. E lidam com a maior facilidade com os equipamentos que são aperfeiçoados a cada dia.

Houve épocas em que o que mais importava na gravação de uma novela era a marcação certinha, as câmeras posicionadas, para que tudo saísse direito. Então, havia um certo distanciamento, mesmo não querendo, da dramaturgia. Hoje o ator fica praticamente livre, as câmeras vão captando simplesmente e, depois, edita-se. Isso proporciona uma preocupação maior com o conteúdo que está sendo trabalhado.

A minissérie é bem diferente da novela, todo mundo sabe. Porque na minissérie, como em qualquer outro programa que você já tem uma estrutura de começo, meio e fim, é possível você dar uma elaborada legal no personagem. Isso dá mais segurança na hora de gravar. E eu tive sorte de pegar logo de cara o Avancini e a Denise Saraceni como diretores. Eram pessoas que já tinham essa cabeça, que já se preocupavam com a qualidade maior do veículo. E tiveram paciência comigo na hora que precisava. E aí fui ficando mais à vontade.

Com o Avancini eu fiz alguns trabalhos marcantes. O principal foi, sem dúvida, *Grande Sertão: Veredas*, para a Globo. Nós gravamos em vários locais do sertão de Minas, em locações que foram trabalhadas pelo próprio Guimarães Rosa no livro. Um elenco maravilhoso: o meu querido Tony Ramos, o Tarcísio Meira, a Bruna

Lombardi, o Taumaturgo Ferreira, tanta gente boa. Ficávamos hospedados onde era possível. Algumas vezes em hotéis, outras tantas em acampamentos. Ficamos nos lugares os mais variados.

Foi uma vivência muito produtiva – aquele bando viajando junto para fazer a minissérie. Foi quando eu conheci melhor o Guimarães Rosa. Eu já tinha lido o livro, mas quando li da segunda vez, vi que não lembrava quase nada da primeira. Até porque na segunda, eu tinha de parar às vezes, pra me reportar a alguma coisa da história. Essa é uma coisa que na obra do Dostoiévski tem muito também: de repente, você perde informações ou então você não liga e é obrigado a voltar páginas e páginas pra tentar entender. Dostoiévski é ainda pior porque a lista de personagens é imensa, assim como os nomes dos personagens! E todos eles têm vários apelidos! Então você se perde: *quem é esse aqui mesmo?* Com o Guimarães não é tanto, mas, às vezes, pela própria prosódia, pela maneira de escrever, você tem de voltar pra entender melhor aquilo e poder seguir.

Eu tinha necessidade de entender por causa do trabalho, pra compor o meu personagem, o cego Borromeu. Estudei muito e valeu a pena.

Nós gravávamos das 4 da manhã até umas 4 da tarde, para aproveitar a luz do dia. Teve uma vez que já tinha passado dessa hora. O Avancini pegou e falou para mim:

– *Já viu a lua hoje?* _ Eu olhei pro céu e vi aquela baita lua – *Vamos gravar aquela cena hoje?*
– *Mas como? Com essa luz?*
– *A gente dá um jeito.*
– *E o texto? Eu ainda não trabalhei o texto.*

O Avancini falou que enquanto eles estivessem preparando o equipamento, eu poderia estudar. Topei, mas sugeri:

– *Então vou trabalhar o texto como está no livro, porque está melhor do que a adaptação.*

O Avancini foi lá, conferiu, e realmente o trecho do livro estava bem melhor, embora a adaptação do Walter George Durst fosse muito boa. Fomos para a gravação. Você acredita que o Avancini ficou agachado perto de mim, soprando as falas, como se fosse um ponto? Eu ia repetindo o que ele ia falando. E quando foi para o ar, a cena realmente ficou belíssima. O homem sabia o que estava fazendo.

Capítulo VIII

Umberto, Sem Você Eu Não Escrevo

De 1977 a 1990 fui diretor do SNT – Serviço Nacional de Teatro – aqui em São Paulo. Era SNT, depois virou Inacen e depois Fundacen. Trabalhava que nem louco, gostava demais do que fazia. Só que eu continuava sendo um ator, né? Então como conciliar o trabalho *burocrático* com o artístico? Eu era muito convidado, principalmente no começo da gestão, para teatro, cinema e TV. Mas eu tinha uma ocupação durante o dia, então eu fazia teatro e cinema, só quando podia ensaiar e filmar à noite, e nos finais de semana.

Eu gostava daquele trabalho, eu cuidava, porque era uma coisa coletiva – foi um tempo de uma gestão muito profícua. Tempos do Orlando Miranda, lá no Rio, do Carlos Miranda. E era um trabalho muito bacana que a gente fazia em São Paulo. E aí eu fiquei como um militante disso, mas fazendo teatro à noite. Isso me ajudava porque nunca virei um cara de gabinete. Estava sempre tentando atuar dos dois lados do balcão, digamos. E isso fazia com que permanecesse atualizado e às vezes até na vanguarda das reivindicações. Tínhamos conhecimento do teatro que se fazia no

Brasil todo por amadores, por semi-profissionais, por profissionais. Então, eu gostava daquilo e achava que não tinha o direito de sair.

O pessoal confiava muito no trabalho que a gente fazia, mesmo tendo paus de vez em quando. Mas eram brigas produtivas porque não havia antagonismos. Existiam opiniões divergentes, porém era tudo com um objetivo comum. Quantos grupos novos que apareceram tiveram uma primeira, uma segunda, uma quinta oportunidade de mostrar o trabalho nessa época? Então, estava bom.

Aí teve uma peça do Fauzi Arap chamada *Às Margens da Ipiranga* – que era meio baseada na história do Arena (por causa da sua localização, ali, às margens da Avenida Ipiranga). O Fauzi estava ocupando o Teatro Eugenio Kusnet, o prédio do antigo Teatro de Arena, e o SNT funcionava no primeiro andar. Ele me convidou pra participar de seu espetáculo e eu achei que não deveria fazer, porque fui um dos que decidiu que o teatro deveria ficar dois anos com ele.

Tudo bem. Eles começaram a trabalhar. Só que passaram três atores no papel que o Fauzi queria que eu fizesse e nenhum ficou. Então o Fauzi fez uma chantagem: ligou para o Rio e falou com o Carlos Miranda: *Olha, se o Umberto não fizer, não dá para estrear*. Aí o Carlos perguntou: *Mas porque o Umberto não faz?* Eu achava que, eticamente, aquilo não era certo. *Não, mas não é o caso. O expediente dele termina, aí ele pode fazer!*

Só sei que o Fauzi me convidou de novo, eu recusei de novo e ele tirou a carta da manga: *Eu já falei com o Carlos Miranda e ele te liberou*. Então aceitei, com uma condição: faria sem receber nenhum tipo de remuneração. E engraçado, foi uma peça em que ganhei quase todos os prêmios da temporada.

Bem, tudo isso pra dizer que ficou essa fama de que eu não podia trabalhar durante o dia. E com o tempo foram parando de me convidar pra fazer televisão, evidente. Vieram as Diretas, o Collor foi eleito presidente da República e o meu nome, não sei por que, foi um dos primeiros na lista dos que seriam colocados em disponibilidade. Eu não podia simplesmente ser demitido, porque tinha aquela coisa de estabilidade. Mas não trabalharia mais. Então eu comecei a espalhar que estava voltando a atuar, a qualquer hora do dia ou da noite.

Em dois ou três dias fui convidado para fazer uma minissérie na Manchete chamada *Rosa dos Rumos*. Encadeei três minisséries na Manchete.

Quando terminou a última, a Denise Saraceni, com quem eu tinha feito um *Caso Verdade* na Globo, me convidou pra fazer uma novela do Manoel Carlos, *Felicidade*. Saí de São Paulo para o Rio para fazer um papel. Quando cheguei lá para conversar, eles já tinham me designado outro personagem. É que o meu ídolo, Gianfrancesco Guarnieri, contratado da emissora, teve um problema qualquer e não poderia estar em cena. Fiquei com o papel que seria dele, um dos protagonistas, o Ataxerxes – que orgulho. E que responsabilidade!

Dali pra frente, nunca mais parei de trabalhar com o Maneco. Deu tão certo que virei uma espécie de cargo de confiança dele. Um talismã, como escreveram outro dia num jornal. Quando publicou o roteiro da minissérie *Presença de Anita*, ele colocou na dedicatória pra mim: *Umberto, meu grande amigo, meu irmão, sem você eu não escrevo*. Vê se pode! Ele é muito generoso. Por exemplo, no livro *Presença de Anita* original não tinha o meu personagem, o Manoel criou o doutor Eugênio pra mim.

A gente se entende muito, de vez em quando faço uma mudançazinha de texto, aí ele aproveita. O autor vai adquirindo confiança na gente. Eu lembro de um exemplo disso, na novela *Felicidade.* O Marcos Winter fazia o papel de um escritor que morava com a mãe. Um dia, na gravação, a Denise me deu uma marca em que eu ia à casa do escritor e atravessava a sala. Como o Ataxerxes era um cara sonhador, ali, na hora, me veio uma ideia e eu falei assim, enquanto atravessava:

– Esse menino ainda vai chegar na Academia Brasileira de Letras.

Dei a fala pra não ficar aquele vazio durante a caminhada. Isso não estava no texto. No bloco seguinte de capítulos, o Manoel Carlos coloca na cena do Winter com a mãe, ela falando assim:

– Filho, o que é esse negócio de Academia Brasileira de Letras que o Ataxerxes falou?

Essas coisas acontecem muito. Mas também, se não ficar bom, a direção fala pra cortar e a gente corta, sem problemas. Isso nunca aconteceu comigo, mas seria normal se acontecesse. É preciso sugerir e aceitar a negativa, se for o caso.

O Manoel Carlos, a Denise Saraceni, o Ricardo Waddington, os diretores com quem trabalhei sempre confiaram em mim nesse negócio. Veja bem, eu não saio de casa com tudo preparado pra acrescentar coisas no texto. Nunca! Isso vem na hora, no ensaio, às vezes até na hora da gravação.

Em *Cabocla*, que eu fiz recentemente, muita coisa pintava na hora, nas minhas cenas com o Tony Ramos. Tudo dentro do personagem, claro. Tudo para enriquecer a cena e não pra aparecer. O Tony e eu, muitas vezes, embolávamos nossas falas. Em televisão fala embolada fica mais difícil do que no teatro, porque se você embola e a câmera não está em você, pode atrapalhar. Então a gente combinava e ensaiava um pouco, até. Não era uma questão de inventar, mas de momentos de interromper a fala dele ou ele a minha, pra depois continuar. Dessa maneira, o público não perderia nada do que foi falado.

Cada trabalho tem a sua história, a história que eu falo é mesmo a da convivência, daquele time que se formou, daquele pessoal, da humildade de cada um, do espírito coletivo, de estar ligado naquilo em que se quer falar. Uma coisa que conta a nosso favor é que a gente vem de uma formação de teatro, de palco. Nenhum de nós começou a carreira pela beleza. Tivemos a disciplina do estudo, da reflexão. Muita gente nova sofre porque entra direto no fogo, sem ter uma base que lhe dê sustentação. Uma base que faça questionar coisas do tipo *Por que é que tem tal cena? Por que o autor pôs essa cena? Qual a continuidade disso!* Sem essa base tão simples o trabalho fica sempre igual, superficial. Ou o ator simplesmente obedece, sem refletir, tudo o que o diretor manda.

Em teatro isso acontece muito também. Acho que o ator deve buscar o equilíbrio. Tem uma primeira parte em que o diretor manda que façamos assim, assim, assim. É o trabalho dele, a visão dele e tal. Mas dentro do que ele quer, você vai criando. Isso acontece ao longo dos ensaios e, principalmente, durante a temporada. E você tem de confiar. Se não houver confiança, o trabalho não acontece.

Uma das coisas mais bacanas que eu acho na carreira de ator é, de vez em quando, peitar alguns desafios. Pra mim, *Guerra Santa* foi um grande exemplo disso. Tentamos ali um tipo de encenação nova. Era uma espécie de vanguarda na época o trabalho do Gabriel Villela. Eu já havia acompanhado como produtor um outro espetáculo dele, *A Vida é Sonho.* Ele me convidou para trabalhar como ator e achei que deveria aceitar.

Eu tenho na minha cabeça uma coisa que a historinha é sempre fundamental. Quando estava para ler a peça, a primeira preocupação minha era: *eu vou para o desconhecido, mas eu quero encontrar uma historinha. Quero contar uma história.* E naquele texto havia uma história, de uma maneira poética, linda, escrita pelo Luís Alberto de Abreu. Então aceitei e mandei ver.

Eu interpretava o poeta Virgílio e o Gabriel recomendou que eu colocasse um sotaque de português. O sotaque português, que o pessoal usa normalmente, é aquele das piadas de português. Eu deveria fazer pra valer e dar credibilidade àquilo. Ou seja, o Virgílio era italiano, eu sou brasileiro e o sotaque dele deveria ser português. A mim caberia encontrar um equilíbrio nisso tudo e tornar crível. Acho que consegui.

Como fui com essa cabeça, de aceitar as sugestões e trabalhá-las como coisa minha, tudo o que o diretor me mandava fazer, eu fazia. Usei os dados da poesia, do figurino, das marcas, e depois fui trazendo o personagem pra mim, pro Brasil, pra ditadura pela qual tínhamos passado. Fui estudando, pesquisando e a coisa foi sendo estruturada. Só a maquiagem é que embolou o meio de campo. Não consegui da primeira vez... Engraçado que soou um pouco como se fosse uma recusa minha. Não! É que eu não sabia mesmo. Acho que, na cabeça do Gabriel, já que todo mundo tinha trabalhado com ele, todo mundo sabia fazer. Uma vez eu enchi a cara com aquela maquiagem branca, saiu uma coisa horrível e a Vivien Buckup precisou me ajudar.

Colaborei também para o espetáculo com a minha vivência. Meu pai e a minha mãe eram muito praticantes do catolicismo. Participamos de muitas festas religiosas: dia 20 de janeiro, São Sebastião, padroeiro da cidade; Semana Santa, missa de Ramos. Tinha também a Procissão do Encontro: a imagem de Nossa Senhora sai de uma igreja, a de Cristo sai de outra e as duas se encontram num determinado ponto da cidade. Homens em um lado, mulheres em outro. Quando a gente ia, largávamos pau pra chegar bem antes das mulheres. As mulheres vinham depois, sempre mais devagar. Tinha um papo, que não sei até que ponto é verdadeiro porque eu não cheguei a ver, de que os homens chegavam e ficavam jogando truco debaixo do andor de Cristo, esperando a mulherada chegar com Nossa Senhora.

A banda do maestro Zequinha ia atrás das procissões, tocando uma infinidade de músicas que ainda ressoam nos meus ouvidos, até em latim. Uma delas eu sugeri que fosse entoada no espetáculo:

Levantai-vos soldados de Cristo!
Sus! Correi! Sus! Voai à vitória!
Desfraldando a bandeira de glória,
O pendão de Jesus, Redentor.

Quando pequeno eu não sabia o que queria dizer sus. Achava que era susto. Depois é que soube: é uma interjeição animadora, do tipo:

Vamos lá, gente! Coragem! Olha, era muito engraçado. Porque você imagina: a música deveria ser empolgante, né? Animar os soldados a lutar por Cristo, pelo cristianismo e tal. Sabe como a velharada cantava na minha infância? Arrastando todas as sílabas, num demorado lamento. Se os soldados de Cristo dependessem desse estímulo pra levantar!

Guerra Santa estreou em Londres. Foi minha primeira e única viagem teatral pra fora do Brasil. Uma diversão! A equipe era uma delícia. Nunca vou esquecer da Maria do Carmo Soares, no centro da cidade, sem falar uma única palavra em inglês, conseguindo se comunicar por meio de gestos.

No Rio de Janeiro o espetáculo lotou do começo ao fim, saímos de lá com muita gente querendo ver ainda. Lembro que a Maria do Céu, minha amiga do Grupo Barraca, provavelmente a maior atriz portuguesa, foi no último dia querendo assistir e não cabia nem em pé!

Acho que o Luís Alberto de Abreu tanto quanto o Alcides Nogueira são, de certa forma, autores privilegiados. Eles tiveram a sorte de ver praticamente todos os textos que escreveram, encenados. Isso dá uma grande diferença em relação ao autor que não vê seu texto por meio dos atores. Nesse caso, não dá para melhorar a carpintaria, a arte de escrever para teatro, e uma série de coisas como essas. Tem muito autor bom por aí, mas com falhas de texto que a gente vê que são fruto de inexperiência com a concretude do trabalho. Na hora de escrever, ele não pensou na fala do ator, por exemplo, na oralidade. Pensou na literatura. Ou não percebeu coisas banais como um personagem sair de cena e ter de entrar novamente, dali dez segundos, com outro figurino, pelo outro lado do espaço cênico.

Teatro é arte do coletivo. O dramaturgo precisa, muitas vezes, compreender isso para ver o seu texto em constante evolução. Tenho muito medo de um dia ter de interpretar aquele tipo de peça com sala, cozinha, sofá, abajur, sabe? Não digo que não vou fazer. Já fiz, até. O que eu quero dizer é o tipo de peça de situação, daquelas tradicionais que pouco desafio oferecem ao ator.

Eu não tenho medo de morrer, não tenho mesmo. Eu tenho medo é de duas coisas: de deixar de ser ator e de envelhecer como ator. Dessa segunda é que eu tenho mais medo. Não poder acompanhar o teatro no mesmo passo. Porque é muito fácil, quando você está começando a carreira, dizer que o outro é ruim e ultrapassado. Eu ouvia que o TBC era isso, o TBC era aquilo. Quando somos jovens a gente critica e rotula colegas, diz que fazem tudo sempre igual. Vou confessar uma coisa: eu chegava a criticar colegas que eu nunca tinha visto, porque ouvia os amigos falarem mal! Eu dizia, por exemplo, que o Paulo Autran não era um bom ator. Dizia isso sem nunca ter assistido! Quando eu vi o *Édipo*, disse: *meu Deus, esse ator aí é um monstro!*

Tudo bem, acho que isso faz parte. Nessa época, nessa idade, você faz isso até com seu pai e sua mãe, com a sua cidade, com tudo. O bom é você que está chegando, né? Aí, pensando nisso, eu vejo que passei à posição do criticado pelo jovem. Agora eu é que estou na berlinda... E essa peteca enquanto eu puder, não quero deixar cair. De vez em quando, preciso enveredar para o desconhecido na minha profissão. E aprender sempre!

Capítulo IX

Agora Eu Era

Uma coisa fundamental para o ator é a prontidão – essa coisa que já foi chamada de concentração, algumas vezes. Acho que o termo mais correto é mesmo prontidão porque, às vezes, se confunde concentração com aquela coisa parada, calada, carrancuda – aí a peça vira um velório. O ator tem de estar em cena sempre pronto para o ataque. Mesmo que, vez ou outra, haja uma conversa paralela na coxia.

Eu brinco muito em coxia, mas isso nunca me desconcentrou justamente porque a prontidão está sempre presente. E ela é fruto de treino. No caso de peças em que tenho de sair de cena e voltar em um minuto, com outra roupa, pelo outro lado, a preocupação com a prontidão é tão grande que levo um mês para ter esse cálculo certo na cabeça. Às vezes você corre demais, demora demais. E esse é um tipo de ensaio difícil de se ter, porque se precisa do cenário pronto, do figurino pronto, tudo funcionando. E isso vem, geralmente, na véspera da estreia! Então, é todo um trabalho de marcação, inclusive, para que não haja trombada na coxia, que está sempre às escuras.

Em *Lua de Cetim*, nós éramos em quatro. No segundo espetáculo entrei pelo lado errado em cena. Era uma sala e eu estava entrando como se estivesse vindo da rua. Na verdade, a minha marca era entrar pelos fundos da casa com meia barba feita. Foi aquela confusão, deu uma parada. Até que caiu a ficha, corri e voltei outra vez.

No começo de carreira você é mais obediente ao que é determinado pela direção, pelo texto, tudo. Não é que você se torne desobediente com o tempo. Você evolui no seu trabalho. Quando você está fazendo algo que o diretor mandou, é uma coisa. Quando você passa a fazer como se fosse coisa sua, é mais verdadeiro. E aí dá até para cometer alguns desvios. Nada premeditado, como eu já falei lá atrás. Eu odeio quando algum colega planeja: *Amanhã vou colocar tal caco. Amanhã vou fazer isso e aquilo*. É uma coisa que deve pintar espontaneamente, durante o processo. E aí você tem que ter um critério. Se for uma coisa que muda um pouco demais, você tem que consultar o colega, a direção: *Que tal se a gente tentasse isso?*

Cansei de chegar mais cedo em peças, e propor: *Vamos experimentar isso?* Porque depois de um mês, dois meses, o espetáculo é do ator. Não é nem do diretor mais. O autor, então, morre na estreia. E, quando há brincadeira, ela deve ser feita com critério. Tem gente que brinca escondendo o material de contrarregragem. Acho isso uma sacanagem. Lembra do que contei sobre o envelope sem a carta, né? Esse tipo de coisa não. Isso não é comigo. Digamos que, quando brinco, é sempre dentro do personagem.

Antes de entrar em cena costumo cuidar do corpo e do espírito. Faço isso rezando e me movimentando. Pai-nosso, três ave-marias e muitas flexões. Trabalho com as articulações, sentindo cada uma. Pescoço, cotovelos, pulsos, joelhos, tudo. Procuro também entrar em cena com algum tipo de carência. Uma hora antes do espetáculo não como, não vou ao banheiro, não transo. Acho que essa inquietação me predispõe ao jogo, me deixa alerta. A Fernanda Montenegro pode comer uma feijoada e subir no palco que ela estraçalha. Eu não. Ou seja, isso não é uma regra.

Muitas vezes, dedico o espetáculo a alguém. Alguém que pode nem estar presente. Aliás, odeio saber quem está na plateia. Posso dedicar também a Deus. Acho que, até por causa da inibição, gosto de pensar que não sou eu quem está em cena...

Tá certo que teatro é faz de conta, mas, às vezes, a gente exagera. Sabe quando a gente tá começando a carreira teatral? Tem aquela empolgação toda! Uma vez eu estava apresentando um espetáculo em Presidente Prudente e acabei assistindo aos trabalhos e aos ensaios de outros grupos. Teve um que me marcou muito. *Antígone* era a peça. O grupo estava fazendo ensaio geral, na maior concentração. Ficava o Creonte lá, com uma corrente grossa – daquelas que se usavam nos pneus pro carro não atolar na estrada de terra. O ator ficava batendo aquela corrente no palco, feroz. Bateu, bateu, e acabou acertando a corrente numa atriz, que começou a sangrar. E não é que eles continuaram a cena?! Eu fiquei assustado, disse: *Parem com isso aí, gente!*

O novato tem aquela coisa de fazer custe o que custar. A seriedade de um trabalho não pode chegar a tanto. Se a gente entende que é pré-requisito para o ator ser humanista, como você pode deixar um colega de cena sangrando na sua frente?

Eu já fiz sacrifício. Meu avô Manequinho tinha acabado de falecer. Fui ao velório, saí para apresentar a peça e depois voltei para o velório novamente. Mas avô tem uma certa distância. Agora, e alguém mais próximo? Um grande amigo. Dependendo da ligação com a pessoa, dependendo da forma como foi, o ator não tem que fazer espetáculo, não. Tudo tem um limite. Não pode levar ao pé da letra essa coisa de *o pano tem de abrir a qualquer preço*. Não é preciso!

E quando a gente começa a carreira a gente faz questão de ser assim. A gente adora ensaiar até de madrugada para, no outro dia, dizer *puxa, ensaiei até tarde ontem*. Tem uma máxima em teatro, a qual não sei até que ponto é verdadeira, que, quanto mais cansado, mais o ator rende. Eu acredito que quanto mais vulnerável você fica, menos defesas você tem, isso sim. Tem uma entrega maior. Agora, eu não sei o aproveitamento disso no outro dia. Porque senão o pessoal começava a correr no Ibirapuera às quatro da tarde, quinze para as nove ia pro teatro e faria um grande espetáculo.

Acho que vulnerabilidade sim, é importante. Por exemplo, nesse dia do meu avô, foi o melhor terceiro ato da *Lua de Cetim* que fiz. O personagem era do interior, estava numa idade próxima à do meu avô, com uma vida meio parecida com a dele. Foi um elemento externo, a morte, que eu usei para atuar naquele dia. Isso é verdadeiro na profissão da gente também: uma coisa que, às vezes, não tem a ver com o espetáculo acaba ajudando a compor o trabalho.

Em 1970, eu estava fazendo *Macbeth* na Maison de France, no Rio de Janeiro. Era um grande elenco – Paulo Autran, Tônia Carrero e muita gente boa – com direção do Fauzi Arap. Então, o que aconteceu? Estávamos num domingo, tínhamos duas sessões. Antes da segunda sessão, chegou a notícia de que o pai de um dos atores tinha sofrido um acidente na Avenida Santo Amaro, em São Paulo. O último avião saía às 23 horas do Aeroporto Santos Dumont, ali perto. Então nós combinamos de começar a sessão no horário e, quando terminasse, o ator não precisaria nem aparecer para os agradecimentos finais. Enquanto isso ele trocaria de roupa e iria imediatamente tomar o avião.

Foi o melhor espetáculo que nós fizemos, o público aplaudia enlouquecido. Acho que havia se instaurado uma tal cumplicidade entre nós do elenco, uma coisa tão forte, que isso passou para o público. São incríveis essas coisas. No final das contas não foi nada fatal com o pai do ator, graças a Deus. Mas esse fator externo nos uniu, influenciou no ritmo da cena.

Não estou querendo reformular nenhum conceito, por favor. A composição interna do personagem é, ainda, uma base muito forte. Porém, você pode partir do externo e construir. E isso não quer dizer, necessariamente, que se deva priorizar a forma. Isso já me aconteceu em dois ou três trabalhos. Agora mesmo, na *Cabocla*, com o meu personagem. O coronel Chico Bento praticamente não estava na sinopse. Inventei ele inteirinho, colocando figurino, encontrando um gesto, criando um jeito de andar, de colocar as mãos nos bolsos. Lembrei de pessoas conhecidas que, quando eu tinha 8 ou 9 anos de idade, já estavam com 50 ou 60. Fui juntando, juntando e, com as cenas, tudo foi ampliando.

Outra técnica que gosto de usar e que aprendi com o Boal, no Arena, é o que eu chamo de *agora eu era*. É um jogo. Sabe aquela música do Chico Buarque: *agora eu era o herói, e o meu cavalo só falava inglês?* Com o ator tem de ser assim. Agora sou Zumbi, daqui a pouco eu sou Macbeth, depois eu serei outra coisa. Brincadeira de criança, molecagem no bom sentido. Sabe aquela coisa da criança de brincar, uma coisa que se faz desde os 2 ou 3 anos, dramatizando? Acho que recuperei isso no Arena, sem ter vergonha de fazer. Levo isso para todos os meus trabalhos – sempre adequando à linha de direção, ao projeto.

Esse tipo de teatro você não precisa fazer só no palco, você pode fazer na rua, numa esquina. Porque, com certeza, o público se identifica com a cena, com o jogo. A coisa mais comum na minha carreira é chegarem para mim e dizerem: *Puxa vida, eu tenho um amigo, eu conheço uma pessoa que é igualzinha à sua personagem.*

E o Boal falava sempre pra gente que, ao elaborar uma peça, ele escrevia uma cena, depois outra cena, depois outra. Depois ele juntava. Ou seja, cada cena tem a sua estrutura, portanto, o personagem tem que sair modificado de cada cena, ele não pode sair como entrou. E não pode voltar para a cena seguinte como saiu da cena anterior. O ator tem de perceber e dar conta disso. Quem vai juntar os elementos e dar coerência ao personagem é o público. Não é a gente. A gente não é coerente. As peças que a gente levava lá não tinham essas coisas de psicologismo, por exemplo. Não tínhamos que ter uma preocupação com a gênese do personagem, com o temperamento, nem tínhamos de carregar um comportamento do começo ao fim da peça.

Ninguém carrega nada e, muitas vezes, fica até inverossímil. Determinada coisa que o personagem mostra numa cena, numa terceira ela está modificada. Isso é humano! Então o Boal falava: *Deixa o público juntar os pauzinhos*. Não é preciso procurar um determinado tipo de coerência porque o público não é coerente, ninguém é. A cada vez que você entra com uma coisa diferente, você surpreende. E a plateia quer ser surpreendida. A atenção do público se modifica, a atenção dele também modifica o espetáculo e com essa mexida vem o pensamento dele também.

A escola é importante para a formação do ator, o trabalho prático também. A observação, porém, constitui um outro e sólido eixo. Observar nossos ídolos, todos os temos. Na juventude meu grande modelo era o Gianfrancesco Guarnieri. Ele trazia uma dramaturgia que era a que eu queria fazer, o tipo de teatro que eu queria fazer. Depois veio Rubens Correa, maravilhoso. Ele foi quem mais se aproximou daquilo que eu acho que o ator deve ser. Ele conseguia um vazio, uma plenitude... Pra mim, ele era uma espécie de santo. Um ser assexuado, um anjo. Quando terminava um personagem era como se o tirasse de si mesmo, ficava vazio. Depois colocava outro no lugar. Pelo menos era essa a imagem que me passava.

Em 1991 fui a Laguna, fazer uma minissérie na Manchete chamada *Ilha das Bruxas.* Lá estava o Rubens no elenco, a Denise Del Vecchio. Quando ela e eu não tínhamos pauta de gravação, a gente levantava cedo e combinava de tomar café da manhã com ele, só para conversar, pra aprender. Era uma tietagem declarada.

É um cara que faz muita falta. Ele, o Flávio Rangel... Flávio me dirigiu em *O Santo Inquérito*, do Dias Gomes. Ele era de uma generosidade só igualável ao seu talento. Imagine que ele teve a delicadeza de escrever um pequeno texto para cada um dos integrantes da equipe e, no dia da estreia do espetáculo, nos entregou. Tenho aquelas folhas guardadas comigo até hoje e, se faço questão de incluir o meu trecho nessas memórias, é menos pelas palavras elogiosas do que para demonstrar a pessoa especial que ele era. O título geral do texto era: *Recados esparsos a alguns seres humanos que jamais poderiam exercer ofícios de inquisidores.* Flávio escreveu para mim:

Umberto, meu querido amigo e companheiro. Outro dia Paulo Autran e eu te elogiávamos e ele me disse: esse menino tem uma alegria de representar que já não vejo há muito tempo'. Paulo é um bom observador, mas tive que lembrar-lhe tuas outras alegrias, que fazem de ti um profissional completo, talentoso e honesto, sensato e audaz. Sei quanto foi importante para você fazer o papel de Augusto. Mas o que você não sabe – só eu e Dias Gomes sabemos – é quanto foi importante para Augusto Coutinho ter sido vivido por você. Não há muitos atores neste mundo vão que possam dizer, com tanta consciência, as frases que você diz. Além disso, todos nós sabemos quanto uma companhia depende do clima de trabalho; e quanto a administração é importante na formação desse clima. Neste espetáculo, você marcou dois lindos gols. Muito obrigado.

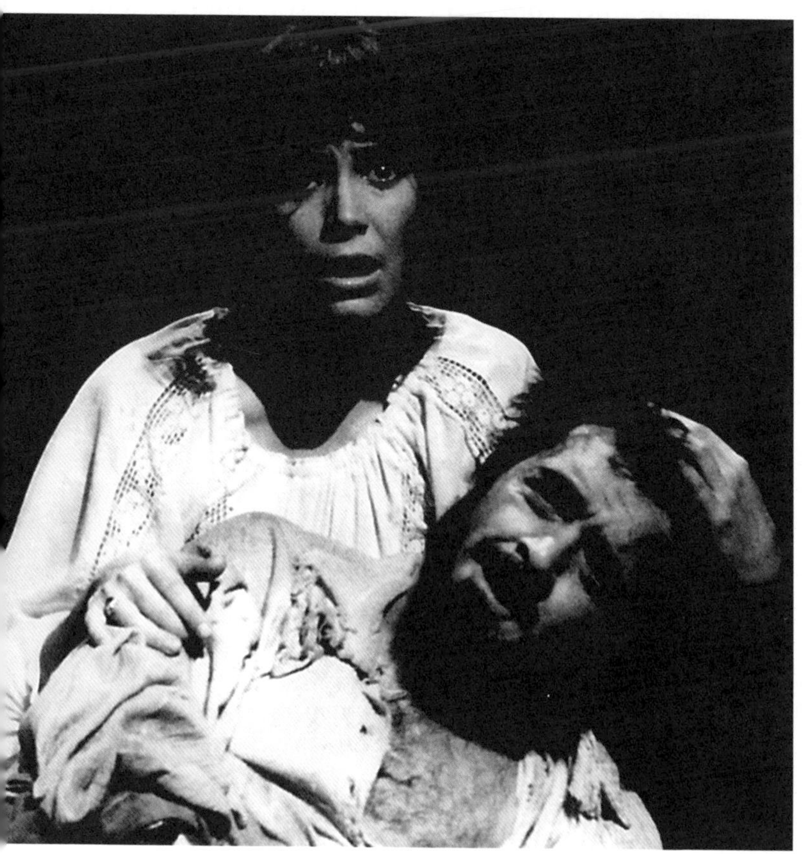

Com Regina Duarte em O Santo Inquérito

Foi uma fase bastante produtiva do teatro brasileiro. Falo por São Paulo. Em 1977, ano da estreia de *O Santo Inquérito*, eram 91 espetáculos adultos e 46 infantis em cartaz na cidade. E o Flávio foi responsável pelo altíssimo nível de grande parte dos trabalhos daquele período.

Outra figurinha difícil que faz muita falta é o Plínio Marcos. Eta, que saudade daquele baixinho invocado! Daquele baixinho radical, apaixonado. Antes de me tornar seu amigo eu tinha uma certa distância dele. Pela própria veemência com que ele colocava as coisas, entende? Um sujeito arrebatador. Isso transparecia também na sua obra. Fomos grandes amigos e tivemos também as nossas discussões. Quem nunca discutiu com o Plínio?

Uma delas foi por causa de um prólogo! O Marco Antonio Rodrigues tinha dirigido *O Assassinato do Anão do Caralho Grande*, uma novela do Plínio adaptada pra teatro. O Plínio tinha ido assistir, eu tinha ido ver umas três ou quatro vezes. Todos gostavam da peça e de uma espécie de prólogo circense, criado pelo Marco Antonio, e que não tinha no texto original. Um dia, combinei com o elenco, sem avisar o diretor nem ninguém, que eu me vestiria de palhaço e faria uma participação afetiva no prólogo. Apresentamos, todo mundo gostou, o diretor aprovou. O Plínio ficou fulo da vida e foi tomar satisfação comigo:

– *Eu nunca invadi uma peça sua, porra! Como é que você vai fazendo isso comigo? Eu exijo respeito!* – E soltou aquele monte de palavrões, como era de costume.
– *O prólogo não é seu! O Marco Antonio inventou e você gostou. Falou pra mim que adorou a encenação!*

Ele não falou mais nada. Ficou por isso mesmo. No dia seguinte, sete e meia da manhã, toca o telefone:

– *A boneca tá brava? Tá triste? A boneca achou ruim?* – Era o jeito dele de pedir desculpas sem pedir desculpas.

Ah! Não fiz por menos. Falei que a melhor parte do espetáculo era enquanto não entrava na peça dele! Disparou mais alguns palavrões e tudo voltou como era antes.

E ele era um romântico. Numa das proibições do seu *Abajur Lilás* pela censura, propôs uma greve de teatro na cidade. Fui contra desde o princípio: em que isso afetaria? A greve não teria repercussão, o povo poderia muito bem passar sem teatro. Ele não se convencia. Propus que fizéssemos espetáculos sem cobrar ingresso. Que redigíssemos um documento pra ser lido antes ou depois dos espetáculos. Foi o que fizemos. A censura não acabou tão cedo, não derrubamos os ditadores, os militares ainda ficaram um bom tempo no poder. Mas mostramos estar vivos, alertas e usando o veículo ao nosso alcance para tentar mudar a situação.

Plínio era um homem de atitudes extremadas. Nem por isso era um maluco. Tinha os pés no chão também. Fazia as coisas, defendia seus ideais, os ideais coletivos. Chegou a doar os direitos do *Navalha na Carne* para o ator Jesus Padilha, meu contemporâneo de EAD, que estava doente. Vivia sem dinheiro. Andava sempre com exemplares de seus livros nos bolsos, procurando novos compradores. Uma noite fui testemunha de uma das cenas mais engraçadas da minha vida.

Estávamos jantando no restaurante *Gigetto*, o reduto dos artistas nos anos 70 e 80 (alguém deveria escrever as memórias desse restaurante). Plínio e eu numa mesa, Ary Toledo e amigos em outra. A certa altura, um sujeito bêbado sai de uma outra mesa e se aproxima do Ary, pedindo autógrafo. O humorista nega, dizendo que mais tarde seria possível. O bêbado não desiste da badalação e vem até nossa mesa.

– Seu Plínio Marcos, eu sou seu fã. O senhor poderia dar um autógrafo pra minha mulher?

– Só o autógrafo, não. Eu tenho esses livros aqui para vender. Você quer?
– Quantos você tem?
– Trinta e três.
– Então eu quero todos. Autografados!

E o Plínio autografou um por um. Cada um com uma dedicatória diferente. *Para dona Fulana, que tem um marido tão generoso..., Para dona Fulana, que é casada com um amante das artes...* E assim por diante. O homem voltou pra mesa e ficou mais um tempo sossegado. Tempos depois retornou pra mesa do Ary, cobrando o autógrafo dele. O Ary resmungou alguma coisa e o bêbado armou um barraco. Teve soco, pontapé e, não se sabe de onde, um tiro. Fomos todos parar na delegacia.

Depoimento de cá, depoimento de lá, cada um dando a sua versão. E o bêbado lá, com os livrinhos debaixo do braço. Quando chegou a hora de falar, o cara foi dizendo que não estava bêbado coisa nenhuma. O Plínio, que até então estava quietinho, só fazendo número, abriu a boca:

– Sinto muito! O senhor estava bêbado, sim! Comprou trinta e três livros meus!

Com o amigo Plínio Marcos

Esse era o Plínio. Se eu fosse contar todas as histórias que vivi com ele, só aí já daria um livro. Vou contar só mais uma, tá bom? Em 1987 o prefeito de Santa Cruz do Rio Pardo decidiu arrematar um antigo cinema da cidade e construir ali o que ele chamava de Palácio da Cultura. Dentre tantos nomes possíveis para um lugar como esse, eles decidiram pelo meu. O que o Plínio me alugou por causa disso não está no gibi! E eu retrucava:

– Quem mandou você ser santista? Na sua cidade, antes do seu nome, tem um monte de outros! Olha, Plínio, no máximo, você vai ser nome de banheiro do teatro municipal. Na tabuletinha estaria escrito assim: ELE - Sala Plínio Marcos.

Quanta gozação. Ele me chamava de caipira. Convocou um monte de amigos pra inauguração do Palácio da Cultura e aí, não era nem inauguração. Tinha um tablado em frente a uma tela. Na verdade, aproveitou-se o aniversário da cidade para desapropriar oficialmente o local e ter essa cerimônia. Porque era assim: um cinema que ia virar depósito de bebidas. Abro um parêntese para falar sobre aquele prefeito, Onofre Rosa de Oliveira: um homem quase analfabeto, que vendia frango de porta em porta, mas que tinha uma visão fora de série. Foi prefeito umas três vezes. Depois que ele saiu, o patrimônio da prefeitura estava triplicado – propriedades que ele comprava como se estivesse comprando para ele. E, numa dessas, evitou que o cinema virasse depósito.

O prefeito, na hora do discurso, trocou, em vez de Palácio da Cultura falou o Palácio da Saúde. O Plínio dizia: *Olha lá, estão matando o Umberto e ele não sabe*. Ele comentava baixinho, e eu nervoso que era uma coisa. Todo mundo subiu ao palco e falou, até ele fez discurso! Lindo demais. Saudade, Plínio Marcos!

Capítulo X

O Brasil na Tela do Cinema

Depois de *Chão Bruto*, que foi em 1977, só voltei a fazer cinema em 1985 com *A Hora da Estrela*, da Suzana Amaral. Esse trabalho foi mais rápido. Ensaiamos bastante e filmamos em quatro semanas apenas e eu, só de sábado e domingo, à tarde ou à noite. Naquele mesmo ano fiz o *Grande Sertão: Veredas* na TV. Foi uma experiência fundamental, até para jogar um pouco umas frescuras da gente de lado. Três anos depois foi a vez de *Kuarup* fazer a mesma coisa com a gente.

Dois meses e meio dormindo em barracas, no meio dos índios, no Alto Xingu. O que a gente aprende convivendo com índio não é brincadeira. Fiquei muito amigo deles. A forma de criarem filhos é a coisa é mais inteligente do mundo – com liberdade. As crianças são criadas soltas até uma certa idade e, depois, eles recolhem tanto os meninos quanto as meninas. Ficam mais ou menos um ano e meio isolados. Mas até essa idade eles têm total liberdade. É uma coisa maravilhosa. No rio eles faziam uma coisa que eu também fazia em Santa Cruz: pegavam uma canoa e iam enchendo de gente, cada vez mais, até a canoa afundar.

As crianças não são repreendidas nunca. Uma vez eu estava caminhando da aldeia iaulapiti até a kamaiurá com os índios, em fila indiana. Aprendi que, em fila indiana, não se corre perigo de ser picado por cobra porque a cobra não ataca. Ela se defende, ela já percebe antes que vem vindo gente e tenta fugir e vai fugindo de lado. Agora, se você vai num bando, um ao lado do outro ou todo mundo misturado, quem está na ponta, a cobra pode pegar. Bem, estávamos andando pelo mato quando vimos uma caixa de marimbondo imensa logo adiante. A molecada, que ia à frente do grupo, não pensou duas vezes: tacou um pedaço de pau na caixa e saiu correndo. Os marimbondos vieram todos em cima da gente, picando sem dó nem piedade. Os marimbondos picando e os índios rachando de rir da traquinagem dos pequenos. Eu não vi um índio sequer chamando a atenção das crianças, em nada. Lógico! Eram pequenos, estavam brincando, por que bronquear?

Fui vendo aquelas coisas e fui valorizando. Eles fazem a roça deles, de mandioca, por exemplo, e só voltam àquele pedacinho 20 anos depois, porque a terra tem de descansar. Na aldeia não entra álcool, é proibido. No aviãozinho em que a produção mandava a comida, havia também umas latinhas de cerveja num isopor – bebida que o piloto carregava como um tipo de serviço de bordo lá dele. O avião sobrevoava antes de descer e a gente ficava sabendo que estavam chegando. Quando eu não estava filmando, pegava uma bicicleta e ia correndo até o campo de pouso. O avião parava, eu ia direto no isopor. Olha, eu nunca fui viciado em álcool, só em cigarro. Mas só o fato de não ter, me dava uma vontade! Eu ia no isopor, pegava um monte de latinhas e ia atrás de uma árvore. Bebia escondido e enterrava as latinhas! Um absurdo, uma molecagem! Mas tive o meu castigo.

Numa dessas vezes, eu estava indo pra lá e saiu uma onça do meio do mato, bem na frente da bicicleta e começou a correr. Correu um tempo e entrou de novo no mato, atravessando a estrada. Quando vi aquilo, esqueci da cerveja, esqueci de tudo. Só pensei na minha pele. Dei meia volta e só parei quando estava de novo na aldeia, branco de susto!

A estrutura política deles é muito simples, baseada num tripé: o cacique – uma espécie de prefeito, o responsável pelas relações exteriores, e o pajé. Perguntei uma vez:

– Como é que alguém vira pajé?
– Ele é pajé porque ele sonha. Desde pequeno.

Que maravilha! Então foi muito além da experiência do filme. Nosso grupo tinha, em média, umas cem pessoas. A produção cuidou das coisas da melhor maneira possível: fizeram fossa, direitinho; banheiro com água quente, chegava comida todo dia. Uma estrutura ótima. Mas diz que, quando deu a primeira chuva e veio a enchente, toda aquela sujeira da fossa subiu, apesar dos cuidados que a produção teve. A gente acabou atrapalhando um pouco as coisas por lá, né?

Foi um filme que não resultou muito bem em bilheteria, acho que também por questões de produção. Lembro uma vez, eu estava lá há um bom tempo, e chegou um pessoal dizendo ter ido à Europa e aos Estados Unidos pra tratar da distribuição. A primeira exigência: o filme não poderia durar mais do que 1h45. O material que nós tínhamos renderia muito mais! E aí foi preciso cortar, muito a contragosto. Chegou-se a cortar personagens.

Eu fazia o Fontoura, um sertanista. O Antonio Callado, autor do romance *Quarup*, meio que se inspirou nos irmãos Villas Boas para criar o Fontoura. Inclusive um deles, o Orlando, é conterrâneo meu de Santa Cruz. A maior parte do filme era uma expedição que ia encontrar o centro geográfico brasileiro. Quando encontrou, era um imenso formigueiro. Grande ironia, né?

O meu personagem morria comido por formigas. Mas, com tantos cortes, perdeu-se muito do trabalho de todos nós.

E houve problemas com os índios também. Não com aqueles lá, mas com os que ficavam em Brasília, os que trabalhavam na Funai. Quando a produção chegou, foi falar diretamente com os chefes da aldeia para fazer o filme. Passamos por cima da Funai, digamos, onde tinha índios daquela aldeia como funcionários. Então começou uma série de fofocas. Por exemplo, os índios receberiam um pagamento pela ocupação durante as filmagens e pelo trabalho como figurantes. Tudo bem. Mas eles não entendiam a proposta de depositar aquele dinheiro numa conta de poupança em Brasília, que foi a ideia que a produção deu para eles. Eles não entendiam essa história de inflação. Você já tentou explicar para um índio o que é inflação?

Cada informação que chegava lá, parte dos índios se revoltava. E chegavam informações as mais desencontradas, fofocas, mesmo. Porque tinha muito ciúme entre eles. Como a produção chegou em iaulapeti e kamaiurá – que são tudo ali pertinho – deu ciumeira nos outros. Por que já se sabia que eles iam ficar com os tratores, os barcos, tudo o que fora usado nas filmagens. Fiquei muito amigo de um índio chamado Palavra e um dia ele me falou, com lágrimas nos olhos:

– Magnani, índio vai ficar gordo. Não vai fazer exercício.
– Por que, Palavra?
– Porque vai preparar a terra com trator, e vai pescar de barco.

Eu falei que não, que era uma questão de começarem a discutir sobre o uso do equipamento. Disse que cada coisa nova que chegasse lá deveria ser discutida, não poderia vir como verdade absoluta.

Outra fofoca quase põe a perder todo o nosso trabalho. Eles chegaram a revirar coisas antigas de que nem fazíamos ideia! A história era mais ou menos assim: por volta de 1952, chegou naquelas paragens um fotógrafo inglês. Logo na primeira aldeia ele começou a ter problemas de relacionamento com os índios. Depois foi para uma outra aldeia. E é impressionante que todo o Xingu fica sabendo das coisas muito rapidamente. As distâncias são grandes, mas fica-se sabendo. Na segunda aldeia começou a provocar índio novamente. Foi expulso. De lá foi para os calapalos, uma outra aldeia, mais distante. Nem bem chegou e os índios, que já tinham sido avisados de tudo, cortaram os genitais do inglês e ele morreu. Ponto final.

Acontece que um índio calapalo, em Brasília, inventou que não estávamos filmando *Quarup*, não. Estávamos contando a história do inglês! Chegou um dia, a gente acordou cinco da manhã pra filmar, e lá estavam eles, a postos. Todos pintados de guerra, arco, flecha e tudo, prontos para guerrear. Tiveram de chamar todos os caciques da região. O Aritana – que, para mim, é um exemplo de estadista – foi tentar explicar a situação, dizer que o livro se inspirava nos Villas-Boas e não no inglês, etc., etc. Pois bem, desfeito o mal-entendido, conseguimos continuar o filme. Ainda bem. Tínhamos uma data pra terminar. As chuvas começam, rigorosamente, em outubro. Mesmo assim, ficamos ainda uns dez ou quinze dias com chuva pesada. Um espetáculo maravilhoso uma tempestade na floresta, você não imagina. É assustador, mas é lindo.

Então descobrimos que índio tem ciúme, faz fofoca. Por isso fiquei gostando ainda mais deles, descobri que são absolutamente humanos. E aprendi que existe índio chato. Verdade! Aquele discurso de proteger o índio, que ele representa a pureza, tudo bem, tem mesmo é que proteger, preservar. Mas tem muito índio chato!

Agora, a experiência como ator, a minha relação com o Ruy Guerra foi inestimável. Porque, além de ele ser um grande diretor, almoçávamos e jantávamos juntos, ficávamos naqueles papos durante a noite, em volta da fogueira. *Kuarup* foi um aprendizado em todos os sentidos.

Cronicamente Inviável, de 2000, levou uns quatro ou cinco anos pra ser concluído. Filmamos em Rondônia, no garimpo Bom Futuro; fomos à Bahia para filmar no carnaval; ao Rio de Janeiro, Curitiba, Ilhabela. Quando vi o roteiro, achei maravilhoso: essa coisa que pode desagradar tanto a esquerda quanto a direita. Nossa arte não deve entrar com uma fórmula pronta, tem de provocar discussão.

O Brasil é aquilo ali que está no filme. Muita gente pode não ter gostado politicamente, porque estava em determinado lado ou defendia uma série de coisas. Mas acho que esse filme, daqui uns 50 anos será, com certeza, um retrato dessa época. É um tratado sociológico. E aquela coisa do MST invadindo fazenda errada? Quer coisa mais brasileira que isso? E mais antirrevolucionária que isso?

Quase que o filme foi inviável. O dinheiro acabava sempre, a cada etapa. Logo no começo, quando fui com o diretor Sérgio Bianchi ver o figurino pro meu personagem, me veio à luz que ele usaria um chapeuzinho. Vi um na loja e falei: *É aquele ali*. Foi a melhor ideia que tive. Em quatro anos de filmagem, a calvície aumentou e o bendito chapéu evitou que aparecesse. Por questões de economia os óculos usados no filme foram esses aqui, os meus. Como já tinha experiência em produção, cheguei com algumas soluções.

No filme Cronicamente Inviável

O Jogo, *de Reinaldo Maia*

Capítulo XI

Sonhos

Você gosta de Samuel Beckett? Em 1994 o Reinaldo Maia escreveu e dirigiu um espetáculo chamado *O Jogo* e que tinha como fonte de inspiração o teatro do dramaturgo irlandês. Era junho e nada de encontrarmos teatro para estrear. A única sala vazia era a Alceu Amoroso Lima, no térreo da Secretaria de Estado da Cultura, que funcionava na Rua da Consolação. Era um espaço teatral novo, ou seja, praticamente desconhecido e, ainda por cima, sofreríamos a concorrência da Copa do Mundo de Futebol, nos Estados Unidos.

O que fizemos? Fomos panfletar na Avenida Paulista. Mantivemos temporada nas terças e quartas-feiras, às sete da noite, com o público que saía do trabalho e ia direto pro teatro. O ingresso era gratuito. Distribuíamos um envelope na entrada, cada um colocava quanto podia e entregava na saída. Encontrávamos de tudo naqueles envelopes: *bandaid*, vale-refeição, bilhetes do metrô, notas de um, cinco e até cinquenta dólares! E muitos, muitos bilhetinhos pro Beto Magnani, meu filho, dando até número de telefone pra ele contatar depois.

Com Beto Magnani em Uma Vida no Teatro

O próximo espetáculo nós dois fizemos juntos. Estreamos em 1996 com o nome de *Avesso* e estamos com ele até hoje, percorrendo o Brasil. Hoje o espetáculo se chama *Uma Vida no Teatro*, tradução do título original, porque achamos que dá uma melhor ideia do conteúdo – o que prova que o autor estava certo em nomeá-la assim...

A maneira como o texto chegou nas nossas mãos foi muito interessante. A Edla van Steen e o Sábato Magaldi haviam chegado de uma viagem ao exterior e me telefonaram dizendo ter trazido um texto pra mim. Eles haviam assistido à montagem lá fora e acharam que seria legal que eu montasse com meu filho. Lemos e achamos realmente um presente. A Edla fez a tradução e nós chamamos o querido, competente e talentoso Francisco Medeiros para dirigir.

Viajamos muito com esse espetáculo e eu vou contar como as coisas foram acontecendo. Durante o governo Fernando Henrique havia o programa Universidade Solidária, idealizado pela primeira-dama dona Ruth Cardoso. Quando o projeto começou ela convidou alguns artistas, pois queria colocar o teatro como um dos componentes do trabalho.

Dona Ruth consultou a atriz Regina Duarte para ver o que ela achava e, então, a Regina me ligou. Num primeiro momento imaginou-se levar espetáculos para os diversos locais. Isso, porém, seria inviável porque, além de ficar muito caro, havia a dificuldade de encontrar peças onde não tivesse praticamente nenhum tipo de cenário, e que pudessem ser feitas em qualquer ambiente. Estávamos no final de dezembro e o negócio ia para a rua no dia 10 de janeiro.

Então, conversando com a Regina, imaginei que, em vez dos alunos assistirem, eles fariam as próprias peças. Seria ministrada uma oficina de teatro que culminaria num trabalho prático. Enquanto durou o processo, levei a oficina para os quatro cantos do País. Ficava uma semana em cada lugar trabalhando. No começo foi um teste em três ou quatro cidades apenas, no interior do Brasil. Depois foi aumentando, aumentando até que não teve mais. Gostei tanto da experiência que, agora, independentemente de qualquer vínculo com o poder público, continuo levando essa oficina de teatro comunitário – com a nossa peça, viajando.

O projeto continuou porque deu muito certo. A única hora ruim era a hora de ir embora, porque a gente sentia que assanhava o pessoal. E o melhor: tudo se complementava quando assistiam ao nosso espetáculo. Nele a gente fala da convivência pacífica e crítica de duas gerações, no caso, dois atores. Então tem tudo a ver. A gente faz cena como dois soldados, dois juízes, dois náufragos – sempre a partir do nada, só a partir da criatividade dos personagens. Mostramos, no concreto, que, para o teatro acontecer só precisamos de ator, espectador e espaço. Não precisa nada de cenário, figurino, bilheteria, pipoqueiro na porta. Não precisa nada.

O que nós propomos não é informar as pessoas, sabe? Chegar com um monte de teoria, de técnica, enfiar na cabeça do aluno e, em uma semana, ir embora. Não é nada disso. A questão é mais básica ainda. Queremos usar a linguagem teatral como uma possibilidade para que o aluno-ator perceba o outro, perceba a si mesmo e enxergue o que está se passando na vida dele – centrando no social, sem psicologismos. O que está acontecendo na casa dele, na rua, no bairro. Como cada um olha isso? Então é uma maneira de se propiciar uma participação maior, de ampliar as possibilidades de se entender o que está acontecendo, refletir e, quem sabe, fazer as opções corretas. E, finalmente, vai exercitar-se na difícil tarefa de se colocar no lugar do outro.

Sei que são objetivos a longuíssimo prazo. O que fazemos é plantar a tal sementinha. E isso sei que nós fazemos porque, a cada despedida, fica a certeza de que haveria muito mais a trabalhar. O desejo de mais discussões, de mais trabalho. E fica a ideia de que o mais importante disso é o processo, não é o resultado. Tanto que, em muitos lugares por onde a gente passou, resolveram fazer grupos de teatro e, de vez em quando, ligam e escrevem cartas, pedindo pra gente mandar livros, essas coisas. Uma postura completamente diferente daquela que presencio quando faço apenas debates, por exemplo. A coisa mais comum de se ouvir depois de algum espetáculo é:

– *Como é que você conseguiu chegar na Globo?*

Como se entrar na Globo fosse uma meta a ser atingida pelo ator. A meta da pessoa, eu acho, deveria ser: *Eu quero ser ator*. Só isso. Um ator cada vez melhor. Dentro disso, se eu for convidado para teatro, cinema ou TV eu vou. Ou não. Trabalhei na Globo, no SBT, na Record, adoro fazer televisão, mas eu sou ator, independentemente da emissora, do veículo ou do lugar em que esteja trabalhando. Então respondo pra esses jovens:

– *Você quer ser ator ou quer ser famoso?*

Se quer ser ator, forme um grupo, faça teatro na escola. Estude – há tantos cursos bons sendo oferecidos. A fama vem ou não e, geralmente, ela é momentânea.

E não há por que condenar essa moçada por pensar assim. É toda uma cultura de valorização da imagem, puxa vida! E a gente passou por uma fase, há mais ou menos uns dez anos, onde muito ator ia fazer teatro porque queria fazer novela. Verdade. O sujeito fazia teatro com a esperança de que algum *olheiro* da TV assistisse à peça e o chamasse pra novela das oito! Felizmente há muita gente trabalhando num outro ritmo, com outros objetivos.

Posso citar, sem medo, muitos grupos. Alguns nem nome têm – assisti coisas boas até em teatro de paróquia. Outros estão conquistando cada vez mais seu espaço: Companhia do Feijão, Teatro da Vertigem, Companhia do Latão, Argonautas, Pessoal do Faroeste e tantos outros... Olha, de uns tempos pra cá, assisti a muito mais espetáculos de segundas, terças e quartas-feiras do que nos finais de semana.

E os veteranos? Há muita gente pra citar. A Fraternal, com seu trabalho de comédia popular; os Parlapatões, o grupo Tapa, o Pholias, onde tenho muitos amigos – isso só para ficar nos grupos de São Paulo. E como não falar do Teatro União e Olho Vivo do grande César Vieira? Há décadas fazendo teatro na periferia de São Paulo, um trabalho da maior importância. O primeiro espetáculo que o presidente Lula assistiu foi do TUOV:

Corinthians, Meu Amor, levado nas fábricas, como tantos outros. Tenho orgulho de ser membro honorário do grupo, batizado com cachaça!

Os grupos que citei e tantos outros, são um pessoal engajado. Eles sabem o que querem e recuperaram o sentido mais primitivo e mais profundo do teatro: o coletivo. Coletivo de criação e coletivo porque inclui o público.

Teatro não acontece sem o outro. Você tem que ser generoso com o público, não pode constrangê-lo. Ele foi tão generoso saindo de casa, pagando ingresso, se dispondo a prestigiar o seu trabalho! A gente tem, isso sim, de propor um diálogo. Temos de estar interagindo sempre. E isso essa moçada está fazendo, e muito bem. E sem deixar de lado uma preocupação política e social – fazem isso bem menos romanticamente que nós. Sabem o que querem, fazem porque gostam. Contribuem para a arte e nos impedem de envelhecer mais rápido.

E eu, vou seguindo, ainda cheio de sonhos. Gostaria muito de fazer papel de maestro, um dia. Esse é um sonho possível, outros já nem tanto. *Hamlet* eu queria muito fazer mais já não estou mais na idade. Aí alguém vem dizer que Shakespeare não tem idade. Tudo bem, eu posso fazer, mas só como exercício. O *Rei Lear*, sim, ainda vou fazer. Daqui uns dez anos.

E o meu sonho mais acalentado e, talvez, o mais difícil: fazer *O Homem de la Mancha,* do Dale Wassermann. Esse é um projeto que tem dez ou 20 anos, mas é muito caro e eu nunca consegui viabilizar. E talvez nunca vá conseguir. Gosto dele por vários motivos. Primeiro porque é Miguel de Cervantes. *Dom Quixote* é o maior romance de todos os tempos, eu acho. Segundo, o faz de conta – a ideia de que todo mundo pode fazer teatro, pode brincar. Vou contar mais ou menos como é a peça.

Houve um tempo em que, antes de ser julgado pela lei, o novo preso era julgado pelos companheiros de cela. Cervantes, que fora preso pela Inquisição, ao ser perguntado, responde: *Sou poeta, sou ator.* Aí o que ele decide?

– *Vou fazer a minha defesa, vou contar uma história para vocês e eu preciso que vocês me ajudem. É a história de um homem sonhador.*

Nomeia cada preso para fazer um papel e, então, vai contando a história de Dom Quixote. A narrativa é interrompida de vez em quando. O mesmo cara que estava brincando de ator interrompe e pergunta: *Mas você não estava fazendo a sua defesa? Isso não é defesa, está enrolando a gente. Vamos bater nele!* Cervantes continua: *Calma, não terminei*. E prossegue com a história.

Outra interrupção, dessa vez porque os soldados vêm buscar alguém. Todos se perguntam: *Quem será? Será o Dom Quixote? Será o Cervantes?* Levam outro preso embora, Cervantes continua o relato – sempre cheio de estímulos à imaginação, sempre repleto de teatralidade. Uma obra de gênio.

O desafio está no ator interpretar o Cervantes, o Dom Quixote e o velho que abandonou a família e vira cavaleiro andante. São três personagens. É lindo e fala do sonho. A tradução das letras é do Chico Buarque e o do Ruy Guerra. Sabe aquela música que a Bethânia gravou: *Sonhar, mais um sonho impossível, lutar quando é fácil ceder, vencer o inimigo invencível, negar quando a regra é vencer?* Isso me arrepia.

E a cenografia bem podia ser do Gianni Ratto! Quem dera! Acho que perdemos muito por não ter usado mais o talento, a sabedoria e a inteligência desse italiano que virou brasileiro.

Mas a montagem custaria muito... Produção gigantesca, música ao vivo, coreografias, bailarinos, cantores – é preciso que seja igual à montagem internacional. Acho que essa ainda dá para eu interpretar. Enquanto não chega o dia, vou continuar sonhando.

Com Gianni Ratto e esposa

Em Nossa Cidade

Epílogo

O mundo gira, o tempo passa, as ondas acabam trazendo os barcos de volta pro cais. Sempre que posso vou para Santa Cruz do Rio Pardo. Da família, tenho apenas um tio morando lá. Mas ainda tenho amigos, embora muitos deles tenham se espalhado pelo mundo. Santa Cruz é a minha referência. Nunca transferi meu título de eleitor, pra ter um motivo a mais pra voltar! Sabe aquela sensação que a gente tem quando está para encontrar com a namorada? Aquele friozinho na barriga, quando você é adolescente? Pois é exatamente o que eu sinto quando estou pra viajar pra Santa Cruz. Pego a estrada e recupero o sotaque: porta, vorta. A Mylène Pacheco teria um troço!

O conforto da minha terra só é comparável ao da amizade. Tenho, graças a Deus, vários amigos em quem posso chegar e botar a cabeça no ombro pra desabafar. Eles a mesma coisa comigo. A maioria é amigo de infância e adolescência. Tem-se uma confiabilidade muito grande, uma lealdade absoluta. Podemos não nos encontrar durante uns três ou quatro anos e, quando nos vemos, parece que foi ontem a última vez. E não tem cobranças do tipo: *Puxa, você passou aqui* e *nem foi na minha casa! Não deu notícias!*

Amigos do peito são o Mário Nelli, o Mazzo, o Carlinhos. Tem também o Beto Vardomiro, o Árvaro Vaidoso, meu goleiro, tem o Benjamim, o Bomba. A Edméa, a Enid, a Stella. Tem o Clélio e a Zezé do Clélio, tem o Moisés Jacaré e tem a Fátima, que está com Deus agora. Nossa, quantos! E tem ainda o Gaguinho, o Cerso, o outro Bertinho e o Jota. Tem o Agripino, o Eriberto, o Bruno. Tem o Ivan, o Norberto, Zé Eduardo, Dino, Adirso, puxa vida! E o Plínio Rigon, o João Zacarias, a Wanda e o Edinho. Eles estão por aí. Muitos de nós nos encontramos na Semana Santa, nos Finados, na passagem de ano. Mas nada combinado. Ninguém se telefona, é uma coisa meio anárquica. Quando tem alguma comemoração geralmente é a mulher que liga – elas são mais organizadas. Com a gente é tudo meio improvisado, meio dependente do acaso – o que dá um sabor ainda melhor.

De vez em quando a gente liga e diz: *Vamos jantar em algum lugar, tomar um negócio?* E a gente sai pra jogar conversa fora. Nada de falar de trabalho, de responsabilidades, do quanto ganhou ou deixou de ganhar. A gente volta a ser menino. Como falei lá atrás: a gente continua descendo o rio de boia! Hoje somos desembargador, pastor protestante, ator, médico, juiz, militar, engenheiro, bancário, garçom, fazendeiro, dentista, empresário, uma porção de coisa. Todos roubando melancia e laranja do pomar do padre, todos falando bobagem, rindo.

Gostaria muito que meus filhos também tivessem Santa Cruz como referência, um lugar para a busca de um equilíbrio. A cidade grande tende a automatizar demais, as pessoas tendem a cultivar valores que são questionáveis, que não tocam pra frente. Por exemplo, aqui em São Paulo e nas metrópoles as pessoas têm nome e sobrenome. Lá no interior a gente tem apelido.

É claro que as cidades interioranas mudaram muito também. Internet, televisão, um monte de coisa, como em qualquer outro lugar. Eu sei que Santa Cruz mudou bastante. Ainda bem! Mudou, mas conserva muitas coisas boas dos tempos de antigamente. E sei que a cidade me acolhe, gosta de mim. Até samba-enredo fizeram em minha homenagem! Em 1997 a escola de samba *Unidos da Baixada* inventou essa história e o Ubirani Gonçalves, mais o Mário Nelli compuseram esse *O Grande Sonhador*:

Alô, Baixada
Bate forte o tamborim
A grande peça
É a Lua de Cetim

Unidos da Baixada chegou – ô – ô
Chegou com um enredo empolgante
Pra falar de um artista tão brilhante
Que no palco se consagrou – se consagrou

Umberto Magnani
Sua terra nunca esquece
Santa Cruz
Sempre traz no coração – no coração

Em São Paulo ele aconteceu
No cinema e no teatro ele venceu
A televisão seu nome espalhou
Conhecido no Brasil ele ficou.

Umberto, o seu sonho é tradição
Joia rara: Kuarup – Morte e Vida Severina
Anarquista e o samba é o amor ô – ô - ô

Glória a esse grande sonhador – ô – ô – ô – ô
Que o povo inteiro admirou - ô – ô – ô – ô
Sua carreira triunfal – triunfal
Que hoje é tema do meu carnaval.

Abre-se um cenário de real valor
No destaque vem seu filho que é também ator
Vem Umberto, Santa Cruz vai se virar no Avesso
Para lhe mostrar seu grande amor.

Eu nem imaginava. Todo ano participava do carnaval, mas como qualquer outra pessoa, *escondido* entre os integrantes da bateria. Comecei a desconfiar quando o Beto, meu filho, desistiu de passar o carnaval no Recife. Aí queriam saber muito sobre minha vida artística e foi quando descobri o que estavam tramando. Foi emocionante, me fez lembrar os carnavais da infância.

Então, quando posso vou pra Santa Cruz; quando estou fazendo novela, passo alguns dias por semana no Rio. Quando estou em São Paulo fico cuidando das minhas coisas, curtindo a família, paparicando os filhos – quando eles param em casa! O Beto, de quem já falei, que faz teatro desde os 12 anos está há tempos no Circo de Teatro Tubinho, na região de Santa Cruz. A Graciana, fazendo lindos trabalhos nos palcos, depois de estudar no Teatro Escola Célia Helena e, como eu e a Cecília, na EAD; e a caçula, Ana Júlia, que fugiu dos palcos e estuda Hotelaria. Se eu curto ter filhos atores? Claro que sim, principalmente dessa forma com que eles estão fazendo – a vaidade não está em primeiro lugar. O trabalho, sim.

Em casa não faço nenhum tipo de conserto doméstico, sou nota zero. Cozinhar? De vez em quando me dá *cinco minutos*, vou para o fogão e preparo alguma coisinha. Pode ser um molho diferente para o macarrão, uma carne. Não sigo receita, vou inventando – o que estiver ao meu alcance, coloco. Até agora ninguém morreu de congestão. Já botei vinho no molho de macarrão pra minha avó. Ela adorou. Dormiu o resto do domingo.

Na verdade não preciso cozinhar, né? Porque nós temos em casa a Zefinha, maravilhosa. Chegou em casa em 1984 e está até hoje, ela e a filha Cristina, que nasceu aqui com a gente. A Zefinha cozinha que é uma coisa. A Cecília também. Mas o feijão da Zefinha não existe no mundo outro igual. Nem o da minha mãe era tão bom quanto o dela!

Em suma: o meu maior patrimônio são a minha família e os meus amigos. Eles me dão a segurança necessária para os riscos, os voos, os desafios, e até os erros – que são tantos... com essa estrutura amorosa toda à minha volta, posso dizer que tive a sorte de ser um homem *sem crises*. E eu sempre lembro de uma coisa que o meu pai falava:

– *Não se deve tratar de maneira igual, coisas que são diferentes.*

Pois é. Não dar o mesmo valor para coisas diferentes. Portanto, não será qualquer tropeçozinho que vai me abalar tanto quanto um golpe de 64, ou a morte de alguém próximo, uma coisa mais forte. Tenho aprendido ao longo da vida que 99% das coisas vão se resolvendo e que existem outras que não se resolvem nunca! E a gente tem de se acostumar a conviver com a falta, com a ausência, com os limites!

Não que eu seja um poço de sabedoria e de tranquilidade. Imagine! Muitas vezes, num primeiro momento, o ataque é do italianão mesmo. Exagerado. Me arrependo por coisas que falo, por atitudes que tomo. Fico até com vergonha. O que apazigua o coração é saber que por trás de toda e qualquer atitude há sempre a melhor das intenções.

Meu Deus! Se eu tivesse o poder de transmitir aos meus filhos alguns valores, juro, eles seriam os da lealdade, do senso de justiça, da imparcialidade e da ética. Valores que meus pais, pelas atitudes mais do que pelo discurso, procuraram transmitir a nós, seus filhos. Por outro lado, leva-se tanta porrada por ser assim. Recebe-se tanta gozação, tanto rótulo de ingênuo, de bobo... A gente quer passar pros filhos e pro mundo uma perfeição que não existe...

Não importa, gente! Vamos tocando o barco! O rio corre, desde tempos imemoriais, e é preciso seguir com ele. Com a alegria do menino, com a força e o desejo do jovem, com a sabedoria do adulto. Tudo junto dentro do peito. Não deixar escapar nada. Sonhando, sempre. É isso que dá sentido ao rio: o incansável sonho da nascente de juntar-se ao mar.

E por falar nisso, quero agradecer a você, gentil leitor, pela paciência e generosidade de descer comigo pelas águas cristalinas de memórias e sonhos. Fique com o meu abraço e com essa saudação que me toca fundo:

Bença, mãe, bença, pai, que estão no céu. A benção Cecília-Beto-Graciana-Ana Júlia.

Salve, Santa Cruz do Rio Pardo, a quem devolvo mais esse trabalho.

Escola
de Arte Dramática
de São Paulo

Eu, Alfredo Mesquita, diretor da Escola de Arte Dramática de São Paulo, tendo em vista as notas de exames obtidos por

UMBERTO MAGNANI NETTO

filho de

Fermino Magnani

e de dna.

Lourdes de Oliveira Magnani

nascido em 25 de abril de 1.941

natural de Sta. Cruz do Rio Pardo

Estado de São Paulo

confiro-lhe o presente diploma.

DIRETOR

FISCAL

DIPLOMANDO

Diploma da Escola de Arte Dramática, EAD

Cronologia

Teatro

2007

• ***Loucos por Amor***, de Sam Shepard
Direção: Francisco Medeiros
Elenco: Umberto Magnani, Renata Airoldi, Charles Geraldi e Paulo Almeida

1996 e 2000

• ***Uma Vida no Teatro***, de David Mamet
Direção: Francisco Medeiros
Elenco: Umberto Magnani, Beto Magnani

1994

• ***Tartufo***, de Molière – (Orgon)
Direção: José Rubens Siqueira
Elenco: Umberto Magnani, Tânia Bondezan, Ednei Giovenazzi, Ênio Gonçalves, Vera Mancini, Neusa Maria Faro, Régis Monteiro e outros

• ***Fragmentos e Canções***, Espetáculo comemorativo de 15 anos do Grupo Tapa
Direção: Eduardo Tolentino de Araújo
Elenco: Zécarlos Machado, Aiman Hammoud, Clara Carvalho, Umberto Magnani, Beto Magnani, Norival Rizzo, Lélia Abramo, Genésio de Barros, Ana Lúcia Torre, Brian Penido, Ernani Moraes, André Valli, Neusa Maria Faro, Denise Weinberg entre outros

• ***O Jogo***, de Reinaldo Maia – (Didi)
Direção: Reinaldo Maia
Elenco: Umberto Magnani, Genésio de Barros, Luque Daltrozo, Beto Magnani

1993
• ***A Guerra santa,*** de Luís Alberto de Abreu – (Virgílio)
Direção: Gabriel Villela
Elenco: Umberto Magnani, Beatriz Segall, Paulo Ivo, Cláudio Fontana, Maria do Carmo Soares, Vera Mancini, Fernando Neves, Roseli Silva, Lúcia Barroso, Cristina Guiçá, Rita Martins, Lulu Pavarin, Jaqueline Momesso, Sérgio Zurawski

1989
• **Jesus Homem**, de Plínio Marcos – (São Pedro)
Direção: Reinaldo Maia
Elenco: Ênio Gonçalves, Ariclê Perez, Umberto Magnani, Marco Antonio Rodrigues, Amaury Alvarez, Marta Tramonte, Roberto Rocco, Mara Faustino, Cristina Mendes, Ana Carmelita, Henrique Lisboa, Dulce Muniz, Kiko de Barros, Walter Cruz, Deivi Rose, Graça Berman, Nilse Silva, Bruno Giordano, Cachimbo, Carlos Costa, Cristina Maresti, Dudy Silva, Fátima Ribeiro, Liz Pezzoton, Luiz Mauro de Godoy, Lulu Pavarin, Ricardo Rocco

• ***Nossa Cidade***, de Thorton Wilder – (Dr. Francisco)
Direção: Eduardo Tolentino de Araújo
Elenco: Ênio Gonçalves, Umberto Magnani, Walderez de Barros, Brian Penido, Vera Regina, Mario Cezar Camargo, Vera Mancini, Clara Carvalho, Eduardo Brito, Eric Nowinski, Sérgio Oliveira, Cacá Soares, Maria Pompeu, Javert Monteira, Anette Lewin, Marco Antonio Rodrigues, Plínio Soares, Genésio Barros

1988
• ***Às Margens da Ipiranga***, de Fauzi Arap – (Leon)
Direção: Fauzi Arap
Elenco: Cláudia Mello, Umberto Magnani, João Carlos Couto, entre outros

1985
• ***Louco Circo do Desejo***, de Consuelo de Castro
Direção: Vladimir Capella
Elenco: Umberto Magnani, Mayara Magri

1984
• ***Um Tiro no Coração***, de Oswaldo Mendes – (Samuel Wainer)
Direção: Plínio Rigon
Elenco: Dionísio Azevedo, Walderez de Barros, Umberto Magnani, Luiz Serra, Annamaria Dias, João Acaiabe, Vicente Acedo, Antonia Chagas, Luiz Eduardo Fernandes, Paulo Novaes, Suzie Walker, Renato Modesto, Miguel Vicente

Capa do programa de Nossa Cidade

Cartaz do espetáculo Louco Circo do Desejo

No programa de Louco Circo do Desejo

1983

• ***Cabeça e Corpo***, de Mauro Chaves – (Samuel Krassilk)
Direção: Silnei Siqueira
Elenco: Eliane Giardini, Umberto Magnani, Zécarlos de Andrade, Paulo Deo

1981

• ***Sérgio Cardoso em Prosa e Verso***, Espetáculo de inauguração do Teatro Sérgio Cardoso – (Vários papéis)
Direção: Gianni Ratto
Elenco: Nydia Lícia, Emílio di Biasi, Rubens de Falco e Umberto Magnani

• ***Lua de Cetim***, de Alcides Nogueira Pinto – (Guima)
Direção: Márcio Aurélio
Elenco: Denise Del Vecchio, Umberto Magnani, Julia Pascale, Elias Andreato, Ulisses Bezerra

1979

• ***Mocinhos Bandidos***, de Fauzi Arap – (Chicão, Gaúcho, Pai, Tatá)
Direção: Fauzi Arap
Elenco: Umberto Magnani, Walderez de Barros, Carlos Alberto Riccelli, Bruna Lombardi, Amilton Monteiro, José Fernandes de Lira

1977

• ***O Santo Inquérito***, de Dias Gomes – (Augusto Coutinho)
Direção: Flávio Rangel
Elenco: Regina Duarte, Umberto Magnani, Zanoni Ferrite, Tácito Rocha, entre outros

1976

• ***Concerto nº 1 para Piano e Orquestra***, de João Ribeiro Chaves Neto – (Clóvis)
Direção: Sérgio Mamberti
Elenco: Madalena Nicol, Dionísio Azevedo, Regina Duarte, Umberto Magnani, Eduardo Andrews, Aizita Nascimento, Liana Duval, Cláudio Savietto, Maria Ylma

1974

• ***Um Homem Chamado Shakespeare***, de William Shakespeare e Bárbara Heliodora – (vários papéis)
Direção: Antonio Ghighonetto e Bárbara Heliodora
Elenco: Emílio di Biasi, Isadora de Faria, Umberto Magnani

1973

• ***Frank V***, de F. Durremmat – (Gaston Schmalz)
Direção: Fernando Peixoto
Elenco: Adolfo S. Santana, Umberto Magnani, Selma Egrei, José Fernandes, Esther Góes, Jonas Bloch, Renato Borghi, Beatriz Segall, Walmir

Barros, Sérgio Mamberti, Carlos Queiroz Telles, Renato Dobal, Paulo Herculano, Vicente Tuttoilmondo, Carlos Augusto Strazzer

1971

• ***Palhaços***, de Timochenco Wehbi – (Benvindo)
Direção: Emilio de Biasi
Elenco: Umberto Magnani, Emílio di Biasi

1970

• ***A Cidade Assassinada***, de Antonio Callado – (Diogo Soeiro)
Direção: Antonio Petrin
Elenco: Josmar Martins, Analy Alvarez, Osley Delamo, Umberto Magnani, Luiz Parreiras, Manoel Andrade, José Carlos, Paco Sanches, Taubaté, Geraldo Rosa, Augusto Maciel

• ***Macbeth***, de William Shakespeare – (Lenox)
Direção: Fauzi Arap
Elenco: Paulo Autran, Tonia Carrero, Lineu Dias, Carlos Miranda, Haylton Faria, Jorge Chaia, Miguel Grant, Seme Luft, Hedy Siqueira, Ibsen Wilde Jr., Umberto Magnani, Paulo Hesse, Regina Vianna, Gésio Amadeu, Antonio Ganzarolli, Januário José, Marcos Wainberg, José Alfredo D'Aulizio, Sebastião Josias, Antonio de Tasso, Jorge Paulo Garcia

1969

• ***Língua Presa e Olho Vivo***, de Peter Shaffer
Direção: Emilio de Biasi
Elenco: Maria Isabel de Lizandra, Gervásio Marques e Umberto Magnani.

• ***Morte e Vida Severina***, de João Cabral de Melo Neto – (Assistente de direção e ator)
Direção: Silnei Siqueira
Elenco: Paulo Autran, Carlos Miranda, Cleide Eunice, Daniel Carvalho, Ina Rodrigues, Lenah Ferreira, Lilita, Lizette Negreiros, Marlene Santos, Neusa Messina, Paulo Condini, Romário José, Regina Vianna, Regis Lang, Saulo Nunes, Sebastião Isaías, Sérgio Guimarães, Umberto Magnani, Antonio Ganzarolli

1968

• ***O Burguês Fidalgo***, de Molière – (Mestre de Música e Covielle)
Direção: Alfredo Mesquita
Elenco: Dilma de Mello, Analy Alvarez, Crayton Sarzi, Aníbal Guedes, Thomaz Perri, Alexandre Dressler, Oslei Delamo, Marie Claire Brant, Célia Benvenutti, Isa Kopelman, Cláudio Luchesi, Cecília Maciel, Umberto Magnani, Josias de Oliveira, Julio César, Juan de Dios, Antonio Natal, Bri Fiocca, Antonieta Penteado, Maura Arantes, Antonio Petrin, Alexandre Dressler
Produção: Escola de Arte Dramática

• ***Sonata dos Espectros***, de Strindberg – (Mendigo)
Direção: Alfredo Mesquita
Elenco: Dilma de Mello, Analy Alvarez, Crayton Sarzi, Aníbal Guedes, Thomaz Perri, Alexandre Dressler, Osley Delamo, Marie Claire Brant, Célia Benvenutti, Isa Kopelman, Cláudio Luchesi, Cecília Maciel, Umberto Magnani, Josias de Oliveira, Julio Cesar
Produção: Escola de Arte Dramática

• ***1ª Feira Paulista de Opinião***, de Lauro César Muniz, Bráulio Pedroso, Jorge Andrade, Gianfrancesco Guarnieri, Plínio Marcos e Augusto Boal – (Vários papéis)
Direção: Augusto Boal
Elenco: Renato Consorte, Rolando Boldrin, Cecília Thumim, Luis Serra, Zanoni Ferrite, Luís Carlos Arutin, Ana Mauri, Paco, Edson Soler, Marta Overbeck, Umberto Magnani

• ***Macbird***, de Barbara Garson – (Edward Ken O'Dunk)
Direção: Augusto Boal
Elenco: Renato Consorte, Etty Fraser, Cecília Thumim, Luiz Carlos Arutin, Benedito Silva, José C. Perri, Zanoni Ferrite, Umberto Magnani, Ana Mauri, Luís Serra, Chico Martins, Paco Sanches, Edson Soler

1967

• ***Paiol Velho***, de Abílio Pereira de Almeida – (Tonico)
Direção: Ruy Nogueira
Elenco: Antonio Natal, Oslei Delamo, Dilma de Mello Silva, Josias de Oliveira, Umberto Magnani, entre outros
Produção: Escola de Arte Dramática

• ***Esse Ovo é um Galo***, de Lauro César Muniz – (Eurico)
Direção: Silnei Siqueira
Elenco: Thomaz Perri, Débora Duarte, Hedy Toledo, Luiz Carlos Arutin, Carlos Duval, Crayton Sarzi, Analy Alvarez, Luiz Serra, Francisco Cúrcio, Umberto Magnani, Sadi Cabral, Roberto de Azevedo, Gustavo Pinheiro, Josias de Oliveira
Produção: Escola de Arte Dramática e Teatro Ruth Escobar

1966

• ***O Veredicto***, de Mirian San Juan – (Advogado)
Direção: Alfredo Mesquita
Elenco: Célia Olga, Bruna Fernandes, Sônia Guedes, Aníbal Guedes, Dionísio Amadi, Antonio Natal, Antonio Petrin, Umberto Magnani, Thomaz Perri, Crayton Silva, Julio César, Alexandre Dressler, Juan de Dios, Dilma de Mello, Oslei Delamo, Isa Kopelman, Analy Alvares
Produção: Escola de Arte Dramática

• ***Somos Todos do Jardim da Infância***, de Domingos de Oliveira – (Edgard)
Direção: Silnei Siqueira
Elenco: Bruna Fernandes, Antonio Natal, Antonio Petrin, Umberto Magnani, Thomaz Perri, Crayton Silva, Alexandre Dressler, Juan de Dios, Isa Kopelman, Analy Álvares, Cecília Maciel
Produção: Escola de Arte Dramática

1965

• ***O Velho da Horta***, de Gil Vicente - (Noivo)
Direção: Alfredo Mesquita
Elenco: Sônia O. Guedes, Alberto Guzik, Luiz Carlos Arutin, Katherine Halkidou, Luzia Carmela, Jesus Padilha, Francisco Solano Carneiro da Cunha, Zanoni Ferrite, Regina L. Braga, Bruna Fernandes, Gabriela Coelho, Cecília Maciel, Umberto Magnani, Miguel Grant, Josias de Oliveira, Thomaz Perri, Crayton Silva, Julio Cesar L. Costa, José Alberto de Almeida, Juan de Dios Fabra
Produção: Escola de Arte Dramática

• ***Auto da Alma***, de Gil Vicente - (Diabo)
Direção: Alfredo Mesquita
Elenco: Luiz Carlos Arutim, Jesus Padilha, Francisco Solano Carneiro da Cunha, Zanoni Ferrite, Alberto Guzik, Regina L. Braga, Bruna Fernandes, Sônia D. Guedes, Gabriela Coelho, Aníbal Guedes, Celso Nunes, Neusa Maria Chantal, Dionísio Amadi, Aracy Souza, Antonio Natal,

Antonio Petrin, Miguel Grant, Josias de Oliveira, Umberto Magnani, Thomaz Perri, Crayton Silva, Julio Cesar L. Costa, José Alberto de Almeida, Juan de Dios Fabra
Produção: Escola de Arte Dramática

• ***Na Vila de Vitória***, de José de Anchieta – (Figurante)
Prólogo e adaptação: Hélio Lopes
Direção: Alfredo Mesquita
Produção: Escola de Arte Dramática

• ***Caiu o Ministério***, de França Junior – (Vários papéis)
Direção: Alfredo Mesquita
Personagem:
Elenco: Dilma de Mello Silva, Analy Alvares Pinto, Crayton Silva, Aníbal Guedes, Dionísio Amadi, Thomaz Perri, Luzia Ferraz da Silva, Antonio Petrin, Alexandre Dressler, Sônia O. Guedes, Alberto Guzik, Gabriela Coelho Rabello, Francisco Solano, Zanoni Ferrite, Bruna Fernandes, Cecília Maciel, Umberto Magnani, Julio Cesar Costa, Juan de Dios Fabra, Luiz Carlos Arutin, Regina L. Braga, Antonio Natal Faloni, Josias de Oliveira
Produção: Escola de Arte Dramática

• ***A Falecida***, de Nelson Rodrigues
Direção: Antunes Filho
Elenco: Aníbal Guedes, Antonio Petrin, Alexan-

dre Dressler, Luiz Carlos Arutin, Neusa Chantal, Celso Nunes, Thomaz Perri, Alberto Guzik, Regina Braga, Cecília Maciel, Aracy de Souza
Produção: Escola de Arte Dramática

Televisão

Novelas

2009

• ***Chamas da Vida***, de Cristianne Fridman – Record – (Dionísio Cardoso de Oliveira)
Escrita por Cristianne Fridman, Paula Richard, Renata Dias Gomes, Nélio Abbade e Camilo Pellegrinni
Direção de Hamsa Wood e Roberto Bontempo
Direção-geral de Edgard Miranda
Elenco: Juliana Silveira, Leonardo Brício, Bruno Ferrari, Lucinha Lins, Umberto Magnani, Jussara Freire, Antonio Grassi, Giuseppe Oristânio, Ana Paula Tabalipa, Guilherme Leme, Ewerton de Castro, Stella Freitas, Marilu Bueno, entre outros.

2007

• ***Amigas e Rivais***, de Letícia Dornelles – SBT – (Pedro Gonçalves)
Baseada no original de Emílio Larrosa e Alejandro Pohlenz
Direção de Henrique Martins, Lucas Bueno e Ana Maria Dias

Direção-geral de Henrique Martins
Elenco: Cacau Melo, Thierry Figueira, Talita Castro, Jayme Periard, Jandir Ferrari, Mika Lins, Lu Grimaldi, Umberto Magnani, Flavia Pucci, Flávio Guarnieri, Carol Badra, entre outros

2006

• ***Páginas da Vida***, de Manoel Carlos – TV Globo – (Zé Ribeiro)
Escrita por Manoel Carlos e Fausto Galvão.
Colaboração: Maria Carolina, Juliana Peres, Ângela Chaves e Daisy Chaves
Direção: Teresa Lampreia, Luciano Sabino, Fred Mayrink, Adriano Melo e Maria José Rodrigues
Direção-geral de Jayme Monjardim e Fabrício Mamberti
Elenco: Regina Duarte, Lília Cabral, Marcos Caruso, Tarcísio Meira, Ana Paula Arósio, Sônia Braga, Marcos Paulo, José Mayer, Natália do Valle, Renata Sorrah, Edson Celulari, Viviane Pasmanter, Thiago Lacerda, entre outros.

2005

• ***Alma Gêmea***, de Walcyr Carrasco – TV Globo – (Elias)
Colaboração: Thelma Guedes
Direção: Fred Mayrink e Pedro Vasconcelos.
Direção-geral de Jorge Fernando
Elenco: Priscila Fantin, Eduardo Moscovis, Flávia Alessandra, Ana Lúcia Torre, Elizabeth Savala,

Malvino Salvador, Drica Moraes, Luigi Barrocelli, Nívea Stelman, Fúlvio Stefanini, Neusa Maria Faro, entre outros.

2004

• ***Cabocla***, de Benedito Ruy Barbosa – TV Globo – (Coronel Chico Bento)
Colaboração: Edmara e Edilene Barbosa
Direção: Ricardo Waddington, Rogério Gomes, José Luiz Villamarin, Fred Mayrink, André Felipe Binder, Pedro Vasconcelos
Elenco: Daniel de Oliveira, Tony Ramos, Patrícia Pilar, Umberto Magnani, Eriberto Leão, Vanessa Giácomo, Fernando Petelinkar, Mauro Mendonça, Danton Mello, Regiane Alves, entre outros

2003

• ***Mulheres Apaixonadas***, de Manoel Carlos – TV Globo – (Argemiro)
Colaboração: Fausto Galvão, Vinícius Vianna, Maria Carolina
Direção: Ricardo Waddington, José Luiz Villamarim, Rogério Gomes
Elenco: Camila Pitanga, Tony Ramos, José Mayer, Christiane Torloni, Cláudio Marzo, Giulia Gam, Umberto Magnani, Marcello Antony, Maria Padilha, Helena Ranaldi, Natália do Vale, Sônia Guedes, Vanessa Gerbelli, Vera Holtz, Walderez de Barros

2000

• ***Laços de Família***, de Manoel Carlos – TV Globo – (Eládio)
Colaboração: Fausto Galvão, Vinícius Vianna, Flávia Lins e Silva, Maria Carolina
Direção: Marcos Schetchman, Moacyr Góes, Ricardo Waddington, Rogério Gomes
Elenco: Alexandre Borges, Carolina Dieckmann, Deborah Secco, Fernando Torres, Giovanna Antonelli, Helena Ranaldi, José Mayer, Lilia Cabral, Marieta Severo, Reinaldo Gianecchini, Tony Ramos, Umberto Magnani, Vera Fischer, Vera Holtz, Walderez de Barros, entre outros

1997

• ***Por Amor***, de Manoel Carlos e Bosco Brasil – TV Globo – (Antenor)
Colaboração: Vinícius Vianna, Letícia Dornelles, Maria Carolina
Direção: Ricardo Waddington, Alexandre Avancini, Ary Coslov, Edson Spinello, Roberto Naar
Elenco: Regina Duarte, Elizangela, Ângela Vieira, Antonio Fagundes, Carolina Dieckmann, Carolina Ferraz, Cássia Kiss, Eduardo Moskovis, Fábio Assunção, Gabriela Duarte, Susana Vieira, Paulo José, Regina Braga, Umberto Magnani, Vera Holtz, Viviane Pasmanter, entre outros

1995

• ***História de Amor***, de Manoel Carlos – TV Globo – (Mauro Moretti)
Colaboração: Marcus Toledo, Elizabeth Jhin,

Maria Carolina
Direção: Alexandre Avancini, Ricardo Waddington, Roberto Naar
Elenco: Ana Rosa, Carla Marins, Carolina Ferraz, Cláudio Correa e Castro, Eva Wilma, José Mayer, Lilia Cabral, Regina Duarte, Umberto Magnani, Yara Cortes, entre outros

1994

• ***Éramos Seis***, de Rubens Ewald Filho, Sílvio de Abreu (Baseada na obra de Maria José Dupré) – SBT – (Alonso)
Direção: Del Rangel, Henrique Martins, Nilton Travesso
Elenco: Othon Bastos, Irene Ravache, Denise Fraga, Ana Paula Arósio, Tarcísio Filho, Jandir Ferrari, Leonardo Brício, Caio Blat, Osmar Prado, Umberto Magnani.

1991

• ***Felicidade***, de Manoel Carlos – TV Globo – (Ataxerxes)
Colaboração: Elizabeth Jhin. Baseada em oito contos de Aníbal Machado.
Direção: Fernando de Souza, Ignácio Coqueiro, Denise Saraceni
Elenco: Ana Beatriz Nogueira, Aracy Balabanian, Bruno Garcia, Denise Del Vecchio, Umberto Magnani, Eliane Giardini, Éster Góes, Hérson Capri, Laura Cardoso, Maitê Proença, Marcos Winter, Tony Ramos, Milton Gonçalves, Othon Bastos, Viviane Pasmanter, entre outros

1973

• ***Mulheres de Areia***, de Ivani Ribeiro – TV Tupi – (Zé Luiz)
Direção: Edson Braga
Elenco: Eva Wilma, Carlos Zara, Gianfrancesco Guarnieri, Cláudio Correa e Castro, Cleyde Yáconis, Maria Isabel de Lizandra, Antonio Fagundes, Ivan Mesquita, Rolando Boldrin, Umberto Magnani, João José Pompeo, Adoniran Barbosa, entre outros

1970

• ***As Pupilas do Senhor Reitor***, de Lauro César Muniz (Baseado no romance homônimo de Júlio Diniz) - TV Record – (Delegado)
Direção: Dionísio Azevedo
Elenco: Márcia Maria, Agnaldo Rayol, Dionísio Azevedo, Geórgia Gomide, Umberto Magnani, Fúlvio Stefanini, Maria Estela, Rolando Boldrin, Lolita Rodrigues, Laura Cardoso, Carlos Augusto Strazzer, Yolanda Cardoso, Manoel da Nóbrega, Nádia Lippi, Henrique César, entre outros

1968

• ***Legião dos Esquecidos***, de Raimundo Lopes - TV Excelsior – (Padre Missionário)
Direção: Waldemar de Moraes e Reynaldo Boury
Elenco: Francisco Cuoco, Umberto Magnani, Márcia Real, Newton Prado, Serafim Gonzalez, Rodolfo Mayer, Sônia Oiticica, Armando Bógus, Neusa Maria, Sadi Cabral, Carlos Zara

Minisséries e Programas Especiais

2001

• ***Presença de Anita***, de Manoel Carlos (Baseado no romance de Mário Donato) – TV Globo – (doutor Eugênio)
Direção: Edgard Miranda, Ricardo Waddington e Alexandre Avancini
Elenco: Mel Lisboa, José Mayer, Helena Ranaldi, Umberto Magnani, Vera Holtz, Lineu Dias, Carolina Kasting, Walter Breda, Noemi Gerbelli, Umberto Magnani, Celso Frateschi, Marcos Caruso, Clarisse Abujamra, Selma Reis, Paulo César Pereio

1999

• ***Sandy e Júnior*** – seriado de Maria Carmem Barbosa - TV Globo – (Odorico)
Direção: Paulo Silvestrini

1996

• **Dilema de Amor** – episódio do programa *Você Decide* – TV Globo
Escrito por Antonio Carlos Fontoura
Direção de Herval Rossano
Elenco: Matheus Carrieri, Dedina Bernardelli, Luiz Armando Queiroz, Umberto Magnani, Luiza Curvo, entre outros.

1993

• **O Juramento**, de Ronaldo Santos - Programa *Você Decide* – TV Globo – (Padre)
Direção: Luiz Antonio Piá

1991

• ***Ilha das Bruxas***, de Paulo Figueiredo – Rede Manchete – (Geraldo Sem Medo)
Direção: Henrique Martins, Álvaro Fugulin
Elenco: Myriam Pires, Umberto Magnani, Maria Helena Dias, Irwing São Paulo, Daniele Camargo, Wanda Cosmo, Isaac Bardavid, Júlia Lemmertz, Eduardo Conde, Denise Del Vecchio, André Gonçalves, Rubens Correa

• ***Floradas na Serra***, de Geraldo Vietri (baseado no romance de Dinah Silveira de Queiroz) – Rede Manchete – (Comerciante italiano)
Direção: Nilton Travesso, Roberto Naar
Elenco: Myriam Pires, Marcos Winter, Carolina Ferraz, Eduardo Dusek, Giovanna Gold, Tarcísio Filho, Mika Lins, Maria Helena Dias, Hélio Souto, Umberto Magnani, Wanda Stephania, Gésio Amadeu

1990

• ***Rosa dos Rumos,*** de Walcyr Carrasco e Rita Buzzar – Rede Manchete – (Olegário)
Direção: Del Rangel

Elenco: Joana Medeiros, Cléo Ventura, José Dumont, Tonico Pereira, Umberto Magnani, Antonio Pompeu, entre outros

1986

• ***Memórias de um Gigolô***, de Walter George Durst e Marcos Rey (Baseado no romance homônimo de Marcos Rey) – TV Globo – (Fiscal da prefeitura)
Direção e roteiro final: Walter Avancini
Elenco: Lauro Corona, Bruna Lombardi, Ney Latorraca, Elke Maravilha, Zilka Salaberry, Zé Trindade, Umberto Magnani, Leiloca, Ida Gomes, Anik Malvil, Lutero Luiz, Arlete Salles, Walter Forster, Serafim Gonzalez, Bárbara Fazzio, Ileana Kwasinski, Selma Egrei, Castro Gonzaga, Tim Rescala, Silveirinha, Paulo Fortes, Lolita Rodrigues

1985

• ***Grande Sertão: Veredas***, de Walter George Durst, colaboração de José Antonio de Souza (Baseado no romance homônimo de Guimarães Rosa) – TV Globo – (Borromeu)
Direção: Walter Avancini e Luiz Fernando Carvalho
Elenco: Tony Ramos, Bruna Lombardi, Tarcísio Meira, Rubens de Falco, Taumaturgo Ferreira, Umberto Magnani, Josão Signorelli, Reynaldo Gonzaga, Carlos Gregório, Sebastião Vasconcelos, Castro Gonzaga, Lutero Luiz, Ivan Setta, Neusa Borges, Lineu Dias, Henrique Lisboa,

Maria Gladys, Ney Latorraca, Yoná Magalhães, Mário Lago, entre outros.

1984

• ***Anarquistas Graças a Deus***, de Walter George Durst (Baseado em romance homônimo de Zélia Gattai) – TV Globo – (Tio Guerrando)
Direção: Walter Avancini, Hugo Barreto e Sílvio Francisco
Elenco: Ney Latorraca, Débora Duarte, Daniele Rodrigues, Marcos Frota, Christiane Rando, Afonso Nigro, Gianni Ratto, Umberto Magnani, José de Abreu, Marta Overbeck, Bárbara Fazzio, Denis Derkian, Chiristiane Tricerri, Antonio Petrin

• **Lua de Cetim**, de Alcides Nogueira - Programa Vídeo magia – TV Cultura – (Guima)
Direção e adaptação: Arlindo Pereira

• **Massacre** - Programa Vídeo magia – TV Cultura
Direção e adaptação: Arlindo Pereira

1984/85

• ***Joana***, seriado com roteiros de Manoel Carlos, Miguel Filiage, Guga de Oliveira – Rede Manchete e SBT – (Sérgio)
Produção: Seriado Artvídeo (Produção independente)
Direção: Paulo José, Laonte Klawa, Antonio Rangel, Guga de Oliveira

Elenco: Regina Duarte, Marco Nanini, Umberto Magnani, Rodrigo Santhiago, Cacilda Lanuza, Maria Luíza Castelli, Regina Braga, Geraldo Del Rey, Othon Bastos, Gésio Amadeu, Renato Borghi entre outros

1983

• ***A Vereadora*** – Caso Verdade – TV Globo
Direção: Atílio Riccó

1982

• ***O Homem do Disco Voador*** – Caso Verdade – TV Globo – (Firmino)
Direção: Núcleo Walter Avancini

1973

• ***Palhaços***, de Timochenco Wehbi – Programa Teatro 2 – TV Cultura - (Benvindo)
Direção: Antonio Ghighonetto

Cinema

2002

• ***Rua Seis, Sem Número*** – (Dimas)
Direção: João Batista de Andrade
Elenco: Marco Ricca, Luciana Braga, Umberto Magnani, André Jorge, Henrique Rovira, João Acaiabe, Christine Fernandes, Gracindo Júnior

• ***Amor à Vista*** – (participação especial)
Direção: Luiz Villaça
Elenco: Marco Ricca, Denise Fraga, Fábio Assunção, entre outros.

2000
• ***Cronicamente Inviável*** – (Alfredo)
Direção: Sérgio Bianchi
Elenco: Cecil Thiré, Betty Gofman, Daniel Dantas, Dan Stulbach, Umberto Magnani, Dira Paes, Leonardo Vieira, Cosme Santos, Zezé Mota, Zezeh Barbosa, Cláudia Mello, Rodrigo Santiago

1988

• ***Kuarup*** – (Fontoura)
Direção: Ruy Guerra, baseado no romance *Quarup* de Antonio Callado
Elenco: Taumaturgo Ferreira, Cláudio Mamberti, Umberto Magnani, Cláudia Raia, Cláudia Ohana, Maitê Proença, Lucélia Santos, Ewerton de Castro, Roberto Bonfim, Dionísio Azevedo, Mauro Mandonça, Stênio Garcia, Maurício Mattar, Rui Polanah

1987
• ***Fiat Lux*** (curta-metragem) – (Cego)
Direção: Gilmar Candeias
Elenco: Umberto Magnani, Fernando Peixoto, Reinaldo Maia, Edson Santana, entre outros

1985

• ***Hora da Estrela*** – (Seu Raimundo)
Direção: Suzana Amaral, baseada no romance homônimo de Clarice Lispector
Elenco: Manoel Luiz Aranha, Marli Botoletto, Marcélia Cartaxo, Denoy de Oliveira, Maria do Carmos Soares, José Dumont, Walter Filho, Sônia Guedes, Umberto Magnani, Miro Martinez, Eurico Martins, Raymundo Matos, Dirce Militello, Fernanda Montenegro, Lizete Negreiros, Claudia Raxende, Rubens Rollo, Tamara Taxman

1977

• **Chão Bruto** – (Professor)
Roteiro e Direção: Dionísio Azevedo
Elenco: Regina Duarte, José Parisi, Geórgia Gomide, Adriano Stuart, Nuno Leal Maia, entre outros

Prêmios e indicações

2008

• I Mostra de Artes Cênicas Umberto Magnani, realizada no Centro Cultural Tecelagem N.Sra. da Penha – Jacareí – São Paulo

• É inaugurada a Sala Umberto Magnani, no Espaço Tecelagem – Jacareí - São Paulo

1990

• Indicação ao prêmio Apetesp, por *Nossa cidade*

1989

• Prêmio Governador do Estado, por *Nossa cidade*

1988

• Prêmio Minc – Troféu Mambembe, por *Às Margens da Ipiranga*

• Prêmio Governador do Estado, por *Às Margens da Ipiranga*

• Indicação ao prêmio Apetesp, por *Às Margens da Ipiranga*

1987

• Indicação ao prêmio Minc – Troféu Mambembe, por *O Santo Inquérito*

1986

• Medalha do mérito cultural, Governo do Estado de São Paulo

1985

• Indicação ao prêmio Minc-Troféu Mambembe, por *Louco Circo do Desejo*

1983

• Indicação ao prêmio Apetesp, por *Cabeça e Corpo*

1982

• Prêmio Molière, por *Lua de Cetim*

Raul Cortez entrega a Umberto Magnani o prêmio Mambembe 1988

• Prêmio Minc-Troféu Mambembe, por *Lua de Cetim*

Diretor de produção e/ou Administrador teatral

• ***A Capital Federal***, de Arthur de Azevedo
Direção: Flávio Rangel

• ***A Morta***, de Oswald de Andrade
Direção: Emílio di Biasi

• **Réveillon**, de Flávio Márcio
Direção: Paulo José

• ***Delírio Tropical***, de Stanislaw Witkiewicz
Direção: Emílio di Biasi

• ***Rasga Coração***, de Oduvaldo Vianna Filho
Direção: José Renato

• ***A Vida é Sonho***, de Calderon De La Barca
Direção: Gabriel Villela

• ***Alma de Todos os Tempos***, de Eriberto Leão e Gabriel Villela
Direção: Gabriel Villela

• ***Honra***, de Joanna Murray – Smith

Direção: Celso Nunes

Trabalhos no magistério, em departamentos públicos e entidades de classe

2001 a 2002

• Secretário de Cultura e Turismo da cidade de Santa Cruz do Rio Pardo – SP – trabalho voluntário

1996 a 1999

• Coordenador das oficinas de Teatro Comunitário do Programa Universidade Solidária

1995

• Representante estadual (SP) da Sociedade Brasileira de Autores Teatrais / Sbat

1988 a 1989

• Membro do Conselho Diretor do Laboratório Cênico de Campinas - SP / Prefeitura Municipal de Campinas

1987 a 1988

• Membro da comissão de reconhecimento dos cursos de Artes Cênicas, pelo Ministério da Educação em São Paulo

1985

• Presidente da Comissão de Teatro da Secretaria de Estado da Cultura de São Paulo

• Membro do Conselho Estadual de Cultura, São Paulo

Com Mário Covas e Bete Mendes na campanha presidencial de 1989

1977 a 1990

• Diretor regional em São Paulo do SNT (Serviço Nacional de Teatro) e da Fundação Nacional de Artes Cênicas / Ministério da Cultura

1974 a 1992

• Professor de Teatro-Educação, nas Faculdades de Arte Alcântara Machado FAAM / FMU

1972 a 1988

• Diretor e um dos fundadores da Associação dos Produtores de Espetáculos Teatrais do Estado de São Paulo (Apetesp)

Índice

Crédito das Fotografias

Ary Brandi 164

Carlos 89

Henrique Macedo 112, 113,114, 115, 116,117,118

Sérgio Bianchi 99

Demais fotografias: acervo de Umberto Magnani

A despeito dos esforços de pesquisa empreendidos pela Editora para identificar a autoria das fotos expostas nesta obra, parte delas não é de autoria conhecida de seus organizadores.
Agradecemos o envio ou comunicação de toda informação relativa à autoria e/ou a outros dados que porventura estejam incompletos, para que sejam devidamente creditados.

Coleção Aplauso

Série Cinema Brasil

Alain Fresnot – Um Cineasta sem Alma
Alain Fresnot

Agostinho Martins Pereira – Um Idealista
Máximo Barro

O Ano em Que Meus Pais Saíram de Férias
Roteiro de Cláudio Galperin, Bráulio Mantovani, Anna Muylaert e Cao Hamburger

Anselmo Duarte – O Homem da Palma de Ouro
Luiz Carlos Merten

Antonio Carlos da Fontoura – Espelho da Alma
Rodrigo Murat

Ary Fernandes – Sua Fascinante História
Antônio Leão da Silva Neto

O Bandido da Luz Vermelha
Roteiro de Rogério Sganzerla

Batismo de Sangue
Roteiro de Dani Patarra e Helvécio Ratton

Bens Confiscados
Roteiro comentado pelos seus autores Daniel Chaia e Carlos Reichenbach

Braz Chediak – Fragmentos de uma vida
Sérgio Rodrigo Reis

Cabra-Cega
Roteiro de Di Moretti, comentado por Toni Venturi e Ricardo Kauffman

O Caçador de Diamantes
Roteiro de Vittorio Capellaro, comentado por Máximo Barro

Carlos Coimbra – Um Homem Raro
Luiz Carlos Merten

Carlos Reichenbach – O Cinema Como Razão de Viver
Marcelo Lyra

A Cartomante
Roteiro comentado por seu autor Wagner de Assis

Casa de Meninas
Romance original e roteiro de Inácio Araújo

O Caso dos Irmãos Naves
Roteiro de Jean-Claude Bernardet e Luis Sérgio Person

O Céu de Suely
Roteiro de Karim Aïnouz, Felipe Bragança e Maurício Zacharias

Chega de Saudade
Roteiro de Luiz Bolognesi

Cidade dos Homens
Roteiro de Elena Soárez

Como Fazer um Filme de Amor
Roteiro escrito e comentado por Luiz Moura e José Roberto Torero

O Contador de Histórias
Roteiro de Mauricio Arruda, José Roberto Torero, Mariana Veríssimo e Luiz Villaça

Críticas de B.J. Duarte – Paixão, Polêmica e Generosidade
Org. Luiz Antônio Souza Lima de Macedo

Críticas de Edmar Pereira – Razão e Sensibilidade
Org. Luiz Carlos Merten

Críticas de Jairo Ferreira – Críticas de invenção: Os Anos do São Paulo Shimbun
Org. Alessandro Gamo

Críticas de Luiz Geraldo de Miranda Leão – Analisando Cinema: Críticas de LG
Org. Aurora Miranda Leão

Críticas de Rubem Biáfora – A Coragem de Ser
Org. Carlos M. Motta e José Júlio Spiewak

De Passagem
Roteiro de Cláudio Yosida e Direção de Ricardo Elias

Desmundo
Roteiro de Alain Fresnot, Anna Muylaert e Sabina Anzuategui

Djalma Limongi Batista – Livre Pensador
Marcel Nadale

Dogma Feijoada: O Cinema Negro Brasileiro
Jeferson De

Dois Córregos
Roteiro de Carlos Reichenbach

A Dona da História
Roteiro de João Falcão, João Emanuel Carneiro e Daniel Filho

Os 12 Trabalhos
Roteiro de Cláudio Yosida e Ricardo Elias

Estômago
Roteiro de Lusa Silvestre, Marcos Jorge e Cláudia da Natividade

Fernando Meirelles – Biografia Prematura
Maria do Rosário Caetano

Fim da Linha
Roteiro de Gustavo Steinberg e Guilherme Werneck; Storyboards de Fábio Moon e Gabriel Bá

Fome de Bola – Cinema e Futebol no Brasil
Luiz Zanin Oricchio

Geraldo Moraes – O Cineasta do Interior
Klecius Henrique

Narradores de Javé
Roteiro de Eliane Caffé e Luís Alberto de Abreu

Onde Andará Dulce Veiga
Roteiro de Guilherme de Almeida Prado

Orlando Senna – O Homem da Montanha
Hermes Leal

Pedro Jorge de Castro – O Calor da Tela
Rogério Menezes

Quanto Vale ou É por Quilo
Roteiro de Eduardo Benaim, Newton Cannito e Sergio Bianchi

Ricardo Pinto e Silva – Rir ou Chorar
Rodrigo Capella

Rodolfo Nanni – Um Realizador Persistente
Neusa Barbosa

Salve Geral
Roteiro de Sérgio Rezende e Patrícia Andrade

O Signo da Cidade
Roteiro de Bruna Lombardi

Ugo Giorgetti – O Sonho Intacto
Rosane Pavam

Vladimir Carvalho – Pedras na Lua e Pelejas no Planalto
Carlos Alberto Mattos

Viva-Voz
Roteiro de Márcio Alemão

Zuzu Angel
Roteiro de Marcos Bernstein e Sergio Rezende

Série Cinema

Bastidores – Um Outro Lado do Cinema
Elaine Guerini

Série Ciência & Tecnologia

Cinema Digital – Um Novo Começo?
Luiz Gonzaga Assis de Luca

A Hora do Cinema Digital – Democratização e Globalização do Audiovisual
Luiz Gonzaga Assis de Luca

Série Crônicas

Crônicas de Maria Lúcia Dahl – O Quebra-cabeças
Maria Lúcia Dahl

Série Dança

Rodrigo Pederneiras e o Grupo Corpo – Dança Universal
Sérgio Rodrigo Reis

Série Teatro Brasil

Alcides Nogueira – Alma de Cetim
Tuna Dwek

Antenor Pimenta – Circo e Poesia
Danielle Pimenta

Cia de Teatro Os Satyros – Um Palco Visceral
Alberto Guzik

Críticas de Clóvis Garcia – A Crítica Como Ofício
Org. Carmelinda Guimarães

Críticas de Maria Lucia Candeias – Duas Tábuas e Uma Paixão
Org. José Simões de Almeida Júnior

Federico García Lorca – Pequeno Poema Infinito
Roteiro de José Mauro Brant e Antonio Gilberto

João Bethencourt – O Locatário da Comédia
Rodrigo Murat

Leilah Assumpção – A Consciência da Mulher
Eliana Pace

Luís Alberto de Abreu – Até a Última Sílaba
Adélia Nicolete

Maurice Vaneau – Artista Múltiplo
Leila Corrêa

Renata Palottini – Cumprimenta e Pede Passagem
Rita Ribeiro Guimarães

Teatro Brasileiro de Comédia – Eu Vivi o TBC
Nydia Licia

O Teatro de Alcides Nogueira – Trilogia: Ópera Joyce – Gertrude Stein, Alice Toklas & Pablo Picasso – Pólvora e Poesia
Alcides Nogueira

O Teatro de Ivam Cabral – Quatro textos para um teatro veloz: Faz de Conta que tem Sol lá Fora – Os Cantos de Maldoror – De Profundis – A Herança do Teatro
Ivam Cabral

O Teatro de Noemi Marinho: Fulaninha e Dona Coisa, Homeless, Cor de Chá, Plantonista Vilma
Noemi Marinho

Teatro de Revista em São Paulo – De Pernas para o Ar
Neyde Veneziano

O Teatro de Samir Yazbek: A Entrevista – O Fingidor – A Terra Prometida
Samir Yazbek

Teresa Aguiar e o Grupo Rotunda – Quatro Décadas em Cena
Ariane Porto

Série Perfil

Aracy Balabanian – Nunca Fui Anjo
Tania Carvalho

Arllete Montenegro – Fé, Amor e Emoção
Alfredo Sternheim

Ary Fontoura – Entre Rios e Janeiros
Rogério Menezes

Bete Mendes – O Cão e a Rosa
Rogério Menezes

Betty Faria – Rebelde por Natureza
Tania Carvalho

Carla Camurati – Luz Natural
Carlos Alberto Mattos

Cecil Thiré – Mestre do seu Ofício
Tania Carvalho

Celso Nunes – Sem Amarras
Eliana Rocha

Cleyde Yaconis – Dama Discreta
Vilmar Ledesma

David Cardoso – Persistência e Paixão
Alfredo Sternheim

Denise Del Vecchio – Memórias da Lua
Tuna Dwek

Elisabeth Hartmann – A Sarah dos Pampas
Reinaldo Braga

Emiliano Queiroz – Na Sobremesa da Vida
Maria Leticia

Etty Fraser – Virada Pra Lua
Vilmar Ledesma

Ewerton de Castro – Minha Vida na Arte: Memória e Poética
Reni Cardoso

Fernanda Montenegro – A Defesa do Mistério
Neusa Barbosa

Geórgia Gomide – Uma Atriz Brasileira
Eliana Pace

Gianfrancesco Guarnieri – Um Grito Solto no Ar
Sérgio Roveri

Glauco Mirko Laurelli – Um Artesão do Cinema
Maria Angela de Jesus

Ilka Soares – A Bela da Tela
Wagner de Assis

Irene Ravache – Caçadora de Emoções
Tania Carvalho

Irene Stefania – Arte e Psicoterapia
Germano Pereira

Isabel Ribeiro – Iluminada
Luis Sergio Lima e Silva

Joana Fomm – Momento de Decisão
Vilmar Ledesma

John Herbert – Um Gentleman no Palco e na Vida
Neusa Barbosa

Jonas Bloch – O Ofício de uma Paixão
Nilu Lebert

José Dumont – Do Cordel às Telas
Klecius Henrique

Leonardo Villar – Garra e Paixão
Nydia Licia

Lília Cabral – Descobrindo Lília Cabral
Analu Ribeiro

Lolita Rodrigues – De Carne e Osso
Eliana Castro

Louise Cardoso – A Mulher do Barbosa
Vilmar Ledesma

Marcos Caruso – Um Obstinado
Eliana Rocha

Maria Adelaide Amaral – A Emoção Libertária
Tuna Dwek

Marisa Prado – A Estrela, O Mistério
Luiz Carlos Lisboa

Mauro Mendonça – Em Busca da Perfeição
Renato Sérgio

Miriam Mehler – Sensibilidade e Paixão
Vilmar Ledesma

Nicette Bruno e Paulo Goulart – Tudo em Família
Elaine Guerrini

Nívea Maria – Uma Atriz Real
Mauro Alencar e Eliana Pace

Niza de Castro Tank – Niza, Apesar das Outras
Sara Lopes

Paulo Betti – Na Carreira de um Sonhador
Teté Ribeiro

Paulo José – Memórias Substantivas
Tania Carvalho

Pedro Paulo Rangel – O Samba e o Fado
Tania Carvalho

Regina Braga – Talento é um Aprendizado
Marta Góes

Reginaldo Faria – O Solo de Um Inquieto
Wagner de Assis

Renata Fronzi – Chorar de Rir
Wagner de Assis

Renato Borghi – Borghi em Revista
Élcio Nogueira Seixas

Renato Consorte – Contestador por Índole
Eliana Pace

Rolando Boldrin – Palco Brasil
Ieda de Abreu

Rosamaria Murtinho – Simples Magia
Tania Carvalho

Rubens de Falco – Um Internacional Ator Brasileiro
Nydia Licia

Ruth de Souza – Estrela Negra
Maria Ângela de Jesus

Sérgio Hingst – Um Ator de Cinema
Máximo Barro

Sérgio Viotti – O Cavalheiro das Artes
Nilu Lebert

Silvio de Abreu – Um Homem de Sorte
Vilmar Ledesma

Sônia Guedes – Chá das Cinco
Adélia Nicolete

Sonia Maria Dorce – A Queridinha do meu Bairro
Sonia Maria Dorce Armonia

Sonia Oiticica – Uma Atriz Rodrigueana?
Maria Thereza Vargas

Suely Franco – A Alegria de Representar
Alfredo Sternheim

Tatiana Belinky – ... E Quem Quiser Que Conte Outra
Sérgio Roveri

Tony Ramos – No Tempo da Delicadeza
Tania Carvalho

Vera Holtz – O Gosto da Vera
Analu Ribeiro

Vera Nunes – Raro Talento
Eliana Pace

Walderez de Barros – Voz e Silêncios
Rogério Menezes

Zezé Motta – Muito Prazer
Rodrigo Murat

Especial

Agildo Ribeiro – O Capitão do Riso
Wagner de Assis

Beatriz Segall – Além das Aparências
Nilu Lebert

Carlos Zara – Paixão em Quatro Atos
Tania Carvalho

Cinema da Boca – Dicionário de Diretores
Alfredo Sternheim

Dina Sfat – Retratos de uma Guerreira
Antonio Gilberto

Eva Todor – O Teatro de Minha Vida
Maria Angela de Jesus

Eva Wilma – Arte e Vida
Edla van Steen

Gloria in Excelsior – Ascensão, Apogeu e Queda do Maior Sucesso da Televisão Brasileira
Álvaro Moya

Lembranças de Hollywood
Dulce Damasceno de Britto, organizado por Alfredo Sternheim

Maria Della Costa – Seu Teatro, Sua Vida
Warde Marx

Ney Latorraca – Uma Celebração
Tania Carvalho

Raul Cortez – Sem Medo de se Expor
Nydia Licia

Rede Manchete – Aconteceu, Virou História
Elmo Francfort

Sérgio Cardoso – Imagens de Sua Arte
Nydia Licia

Tônia Carrero – Movida pela Paixão
Tania Carvalho

TV Tupi – Uma Linda História de Amor
Vida Alves

Victor Berbara – O Homem das Mil Faces
Tania Carvalho

Walmor Chagas – Ensaio Aberto para Um Homem Indignado
Djalma Limongi Batista

Formato: 12 x 18 cm

Tipologia: Frutiger

Papel miolo: Offset LD 90 g/m^2

Papel capa: Triplex 250 g/m^2

Número de páginas: 252

Editoração, CTP, impressão e acabamento:
Imprensa Oficial do Estado de São Paulo

Coleção Aplauso Série Perfil

Coordenador-Geral	Rubens Ewald Filho
Coordenador Operacional e Pesquisa Iconográfica	Marcelo Pestana
Projeto Gráfico	Carlos Cirne
Editor Assistente	Felipe Goulart
Editoração	Ana Lúcia Charnyai
Tratamento de Imagens	José Carlos da Silva
Revisão	Dante Pascoal Corradini

Dados Internacionais de Catalogação na Publicação
Biblioteca da Imprensa Oficial do Estado de São Paulo

Nicolete, Adélia
Umberto Magnani : um rio de memórias / Adélia Nicolete – São Paulo : Imprensa Oficial do Estado de São Paulo, 2009.
252p. : il. – (Coleção aplauso. Série perfil / Coordenador geral Rubens Ewald Filho)

ISBN 978-85-7060-757-7

1. Magnani, Umberto, 1941 2. Atores – Brasil – Biografia I. Ewald Filho, Rubens. II. Título. III. Série.

CDD 791.092 81

Índice para catálogo sistemático:
1. Atores brasileiros : Biografia : Representações públicas : 791.092 81

Foi feito o depósito legal
Lei nº 10.994, de 14/12/2004

Impresso no Brasil / 2009

Imprensa Oficial do Estado de São Paulo
Rua da Mooca, 1921 Mooca
03103-902 São Paulo SP
www.imprensaoficial.com.br/livraria
livros@imprensaoficial.com.br
Grande São Paulo SAC 11 5013 5108 | 5109
Demais localidades 0800 0123 401